坐看

黄亚明 著

长江出版传媒
长江文艺出版社

图书在版编目（CIP）数据

坐看 / 黄亚明著. -- 武汉：长江文艺出版社，
2024.6
ISBN 978-7-5702-2668-9

Ⅰ. ①坐… Ⅱ. ①黄… Ⅲ. ①散文集－中国－当代
Ⅳ. ①I267

中国国家版本馆 CIP 数据核字(2024)第 062424 号

坐看
ZUOKAN

责任编辑：周 聪　　　　　　　　责任校对：毛季慧
封面设计：马德龙　　　　　　　　责任印制：邱 莉　王光兴

出版　长江出版传媒 ｜ 长江文艺出版社
地址：武汉市雄楚大街 268 号　　　　邮编：430070
发行：长江文艺出版社
http://www.cjlap.com
印刷：武汉市首壹印务有限公司

开本：880 毫米×1230 毫米　　　1/32　印张：8.75
版次：2024 年 6 月第 1 版　　　　2024 年 6 月第 1 次印刷
字数：163 千字

定价：45.00 元

序

胡竹峰

写作二十多年，全凭心意，写出心底意思就好。我亦无诗送归棹，字里相逢说心意。心意有天地，文章天地。天地里不独山水，更有虫鱼鸟兽、瓜果蔬菜，人情物理，碑帖曲调……

文章是自家事业，自家衣饭，自家性情头面，自家心意，不足与外人道耳。好在天知地知我知，间或也有人知，其乐如小儿得饼。洛阳亲友如相问，一片冰心在文章。可惜我并无洛阳亲友。多年未去洛阳了，真想念白马寺的牡丹与龙门石窟。

这是我旧作里的话。读完黄亚明这本书，忽然觉得他就是我的洛阳亲友。如果记忆无误的话，认识亚明兄快二十年了。相见亦无事，别后偶相忆，这样的君子之交淡如冷水，冷水泡茶慢慢香。此中情味，令人低回。

读《坐看》，想起唐诗——坐看云起时，坐看飞霜满，坐看彩翮长。亚明有古意，每每让我疑心他是晚明钟惺、刘侗辈转世。古意之外，亚明下笔新奇，字句不落前人窠臼，奇崛、奇怪。翻书如游园，入目多奇花异草，处处有匠心，作书人出奇制胜。一卷《坐看》，有云起，有飞霜，有彩翮……妙哉，美哉。

宋人《登麻姑山》的诗说："蹑石扪萝得得来，人间尘累已忘怀。"读书作文，皆能忘怀人间尘累。忘了好，虽然不过暂忘，也真是淋漓事，痛快事，堂皇事。颜师古注《汉书》，室无四壁曰皇。作文章之妙境，如室无四壁，以天为被，以地为床，以明月星辰为灯，以清风为帐，一言以蔽之：自在。

文章自在，先得不自在。我知盘中餐，粒粒皆辛苦。我知文章事，字字皆辛苦。作文人多多辛苦，读书人方得自在。天下文章无一不是辛苦中来，所谓得来全不费工夫，到底也曾踏破了一双又一双铁鞋。

亚明文章写得自在，我知道他踏破了多少铁鞋。如今他丢下铁鞋，偶尔草鞋，竹杖芒鞋轻胜马，一蓑风雨任平生。偶尔赤足，赤足盘腿，盘腿而看，坐而看，看花隔晚烟，看月过天中，看垂杨连苑，看风流慷慨，看西日又沉，看爽气朝暮，看尽行人两鬓秋，惹得看客一地愁。读完《坐看》，居然有些惆怅了。岁月不饶人，我又多了中年心绪。

是为序。

二〇二四年四月十日，合肥，作我书房

2

目　录

一　壶

多次到亳州酒厂，厂区一把大陶壶，巍巍盘踞如小山，不饮自醉。

亳州满城酒气，街巷乡野酒气更甚，酒气中多兵戈气。皖北都有兵戈气，平原苍黄，一望放诞，一壶绝尘，公路两旁的大杨叶分明熏醉，听起来满耳秋风飒飒。但皖北无大山，酒厂的大壶也就是一座小小小山耳，于我乡大别山，皖北之山略等于门旁小丘。风物不同，气象殊异，大别山壅壅塞塞，皖北却有三国沙场十万兵家气象。

在皖南宣城见过百余吨的大陶壶，苍然凌立水上。大壶在宣酒博物馆外的广场，酒意倾泼，似乎要绵延数十里。宣城之酒，我一直以为不过江浙花雕绍兴黄酒之流，如水阳江之水，如桃花潭之水，如魏晋名士清谈，清清淡淡，饮几大壶，才略如敬亭山之鸟，在三百二十四米的低海拔中扑腾几翅。孰料宣酒在皖南锦绣山水中，却自出心机，如九华后山奇峰，其味倔强，势若百丈奔崖。

皖南一壶酒，不尽然在花间清逸散淡，还是磅礴大江的一腔壮流。

喝过宣酒，喝过种子酒，喝过高炉家，喝过古井贡，喝过农家自酿红壳糯米酒，喝过汾酒郎酒杏花村竹叶青海之蓝泸州老窖，偶尔喝过茅台、五粮液，仙气浊气儒释道气于我如冬风扫街。我不擅饮，都是小杯心意。小杯亦有大乾坤，几小杯归腹，一片愁肠即被春风抚慰，心头敞阔。也喝过孝感米酒，会稽山黄酒，一个甜到酥软，一个绵劲十足。黄酒也有三分豪迈，喝到深处，困顿难醒，便似在藕花荡里随舟转悠，惊悸之美压于腔腹，却脱不了酒意的羁押。

老杜吟诗，似高粱酒涩而辣，杯杯乱石嶙峋。

李白吟诗，似泡在一缸剑南春里裸臂舞剑，酒气和仙气奔逸。

米芾挥笔，王羲之挥笔，唐伯虎挥笔，八大山人挥笔，张大千挥笔，笔墨沉沉，酒意沉沉，又拔地而起，似青峰倒挂，人间可做紫砂壶观。

杜牧是杏花村，范成大是酒旗风，王维是竹叶青，姜夔是女儿红，岑参是云冈石窟的老汾酒，李煜是壶底苍凉富贵冷灰，苏轼是一壶泸州老窖穿肠过，白居易是红泥火炉煨糯米酒，老子庄子一壶天地一壶逍遥，孔子孟子一壶老白开一壶封缸酒，天子呼来不上船，壶壶如神祇附体。

一壶，一壶，一壶又一壶，又一壶，千百年之隔，别来无恙乎。

初秋居然赶了两趟苏州，缘分到了。

不意老吴中有此荒荒大水，水如巨壶，天地一收。在东太湖畔，苍天白云汤汤湖水，归帆点点，落日和湖水卿卿缠绵。天上半壶，太湖半壶，天与湖合，一壶烟色水色日色，夕阳有桃花色。晚宿湖边酒店，芦苇习习生凉，但见湖天一色，月色照眼，不能一枕山，一枕水也要惜福。想起张岱当年湖心亭看雪，一人一舟一芥子，茫茫雪意，似要从老画里拍翅而出。斯夜天上月光如芒花，湖边芒花如雪拥，苇子随湖水轻荡，轻荡的湖水如帘间旧梦一颤一颤，陡生大湖壮渺而幽微之思。天地一大壶也，人在湖中，人亦在壶中。人生匆匆过往，月色不变，秋风不弃，以中年心意观湖，也是斯文美好一景。

湖边启园新新旧旧，旧的是民国时期的建筑，近百年山水结缘，新的是葱葱林木，茶叶成片，橘树成林，枫樟错荫，年年池中花发藕结。新新旧旧是太湖水，登镜楼一眺，群岛隐伏，波影流光，湖风披襟，大有秋风吹我百忧空之慨。

园林之好，亦在收放于心。园内天地小，眼中乾坤大，大大小小，小小大大，一草一花，数石一池，如人身小天地，却横陈了丘壑精神。

花开花落，草枯草荣，都是天上月色的人间作答。

启园三景之一，乃东山康熙御码头，康熙上题"光焰万丈"，但昔日皇家言行早被烟雨濡湿无影，颇可观处是于右任的手书一联：

湖海尚豪气，松柏有本心。

世间观湖，心魄极大者，多蕴一壶滔滔豪情，鸣如钟鼓，最难得还如松柏本心自在，荡而不溢，放收自如，所谓寸心不昧，万法皆明。于右任在道眼前景也在提点人心。

启园西北处，是洞庭东山的莫厘峰，含翠吐碧，山青卷白，云起雾涌。莫厘峰的情意在山在水在一派粉墙黛瓦，红土黄土上及岩隙旁竞放的茶树、杨梅、绿竹，肥沃到耀动人目。名茶碧螺春，人称"香煞人"，正是出自莫厘峰。我喜欢明前茶，那种好，二十年前苏州的学生请我尝过，此后恋恋难舍，一壶清茗，便是爱茶人的小洞天。

昨夜的一场雨淋湿了院中的香樟树，淋湿了花花草草，淋潮了脚下的石板小径，也淋绿了老宅后门墙上的青苔，绿油油的，似乎还沾着几丝水珠，那剥落粉刷层的砖墙在细数往古。

抟泥为壶，宜兴的丁蜀古镇，亦是太湖水滋育的梦境之所。

丁蜀是美器之城。所产陶器以日用为大宗，苏缸、酒坛、砂锅、壶、杯、碟、瓶、花盆，质坚耐用，装饰纯朴。日用之美，不似宗室王孙乌衣子弟，倒像个寻常书生，碗粥杯酒，素朴抒怀，瓶瓶罐罐是过日子的道理。

均陶是春来堆花的富贵气象，彩陶是姹紫嫣红的繁闹岁月，精陶是小家碧玉的素服芍药，青瓷是清透莹亮的饱满柔润，紫砂陶是桃叶供春的清香养神。

均陶是好日子锦绣，彩陶是日子里锦绣添花，精陶是好日子过了还有余味，青瓷是将日子过得云淡风轻，紫砂陶是好日子连着好日子，唇齿留香。

在丁蜀看紫砂壶，红泥一壶，紫泥一壶，绿泥一壶，栗子核桃花生菱角是一壶，慈姑荸荠荷花青蛙亦是一壶，一粒珠、龙蛋、四方、八方壶壶香透，梅扁、竹段、鱼儿龙、寿星壶壶永在焉。壶以有天趣为嘉，人生如养壶，少不得天趣，少不得神趣。壶中茶汤洋溢，湖中秋意分明。

回望太湖如盆水覆地，古镇如芥浮于水。人舟如蚂蚁依附于芥子，以为绝境，须臾水干涸，才发现道路通达，无处不可去。

一把紫砂壶，尽是太湖秋韵。

江南是书生骨子里的安魂地。天地远行客，一壶相送君。

离开丁蜀之后，我找了一处远离湖岸风雨的老宅子，要了一壶老黄酒，温热后，就着太湖白鱼鲞，一口一口，一个人，慢慢地喝。

日出如窑火渐起，日落如古陶安定。

火的茶芽，几十朵金红茶芽，几百朵烫灼茶芽，几千朵生血滚荡的茶芽，几万朵，几亿朵……龙窑之树上，火焰翻飞啄碰爆绽（送松柴入窑门的男人，十指像在锅灶内翻炒）。茶分五彩，朱红，橘黄，砂白，墨绿，茄紫，在天地的窑炉里动荡，窑炉如巨幅杯盏，盛满日光、霜露、月色和一山绷硬发翠的松杉，以及不可言说的孤独。

伐柴人在古画里挑一担松柴，沿黑线似的山道而下。不远处潜水汩汩，映照一粒伐柴人的黑影。水墨似的伐柴人，一脸烟尘孤苍，一身尘烟冷寂。

潜山市。痘姆乡。我的想象从散落在墙边的破损陶器开始——

那些素面泥坯，是老手艺人的心意精细托寄。千百年来，它们在等着烧制、涂釉，与人间有缘者谋面。

窑声如火，陶声如坝。窑场，窑炉，古铜色的烧窑人。

千度成陶。四百度，暗红色。六百度，桃红色。八百度，鲜红色。一千度，黄色。一千二百度，浅黄色。一千四百度，白色。一千六百度，无烟无焰的耀眼白色。

偶尔可见残缺或变形残次陶器，隐忍于陶场角落。语焉不详，却穿透了历史土锈色的屏障，成为压卷的光阴绝唱。

一泥成佛，一壶成神，陶壶多神仙之姿。

大别山的痘姆乡村之夜，与江南丁蜀遥遥相对。一窑火，一壶茶，漫天锃蓝的星体烁烁，如民间茅舍里白首挨坐，灯火粒粒可亲。

与友小酌，酒意上涌，沿街晃悠。我乡岳西，小城满街亦是灯火闪烁，廊桥一处，灯光映河，星月映河，河中生烟，漾起迷离的灯光，仿佛星月掬在手头，层层荡荡，最为县城佳境。周遭山脉黝黑似墨团，若是朗朗月夜，月光大好之时，山峰泛出钢蓝色，四围是大山，大山环抱，城中若干小山，小山簇拥，则别有风致。

人云山中无日月，又云山中日月长。长长短短是日子，悠悠长长是岁月。大山无言，小山无言，堆积如柱的山峰是岁月的积淀，长长短短的日子是墨团团团。走在山下的人，是飞白几粒，不断地走，一代代走，飞白越聚越多，一座座山便有了中国画的趣味。所谓画中留白，皆是人间人事变迁。

街头小儿在唱童谣，自得其乐，其音丁零稚嫩如初春雨点："今儿雷公唱曲儿，明儿有雨也不多。燕子低飞蛇过道，蚂蚁搬家山戴帽……月亮生毛，大雨冲壕。天上挂满鲤鱼斑，明日晒谷不用翻……"

米酒铺子里，挤满了吹拉弹唱的老人。瘦长的掌柜满头积雪，他擅拉二胡，咿咿呀呀，像冰河解冻，雪意流淌。有人唱黄梅戏，有人吹笛，有人痴痴入戏。酒香随戏声飞扑，酒瓮上的红绸飘动，一铺子祥和，我感到日子愈发恬静，幸福的恬静。

在山中小城喝酒，壶中日月长，别有绵绵滋味。山中日月长，亦是沧桑一味。

转瞬我在乡村生活了三十余年，在小城生活了十余年。

山色如娥，花色如颊。空山无人，水流花开。白云无人踩，花落无人扫，如此最自然。

抬眼所望，都是山山，山山山山。登山四望，群山为地，白云在脚，飞鸟在肩。风烟散后，入目的平原、丘陵、大河，不过尔尔。这是山高人为峰的意思。

登山之境，荡胸生层云，是少年意思。胸有丘壑，多是中年意思。中年意思不多，删繁就简，如山中秋霜过境，枝头无叶，只有红果数颗兀立。

宣城泾县以西四十公里处，桃花潭历历在目。黄山之北，九华之东，岁月所裁剪的青弋江一段，宛如青袍长袖的唐人诗赋，未知何时从天外遗落。四月间，游荡在桃花潭东岸的飞鸟，所巡狩之南方山野，桑园青蔚郁郁，油菜花金黄喷溅，空气里透明的流泉和熏风似乎要漫进游人的血脉。青砖黑瓦的老旧民居，做旧的，簇新的，古旧的，排排而立，真真假假，假假真真，倒似人间百态。

桃花潭像个大酒坛子，铺开一江清凉的酒液。静坐古人曾踏歌的古岸阁，俯仰之际，江水悠悠，烟波漫起，有大孤寂。江上鸥鹭盘旋厮磨，江滩红男绿女应答追逐，有大热闹。沿江青山若翠螺，铺陈一片山花锦绣，有大繁华。山水孤寂繁闹，都源自一壶酒。李白和汪伦，醉了桃花潭，不是桃花潭醉人，是人醉桃花潭，桃花潭因此醉得一脸酡红，一年一年。想起唐朝旧事来，清旷的乡村雅集，渡口，酒店，八仙桌，对坐两人，一杯，一杯，再一杯，听桨声，听江声，醉在杯盏，最入人心。

泛舟青弋江上，一篙新绿，深不见底。一江辽阔，饮酒之人走了，劝酒之人走了，吟诗之人走了，回首的风景，水天一色，分不清哪是古人哪是今人。今人古人隔一条江，便是千里万里千年万年。人生的惆怅多起于无可言处，一江水便将人生的所得所失，化为不可言的一切：

两人对酌山花开，一杯一杯复一杯。

我醉欲眠卿且去，明朝有意抱琴来。

酒酣胸胆，酒真是好物。喝了几杯，沿江捡拾月色。月色似霜色，洒落一地。枝头桃色如月色，天上枝上地上，都是桃花嫣然。

夜宿潭边酒店，雕花木窗外，风吹沙沙，似有桃花朵朵羞涩悄放。李白是看花人，汪伦是看花人，山是看花人，水是看花人，我来看花，梦里看花。少年看花看不尽，青年看花尽是花，中年看花仅是花。我来桃花潭时快五十岁，青丝已夹白发，状似颓然，然心境欣然。

清晨从栈桥行走，一步步涉江而过。青弋江如青衣，荡起百树千波。古树如鬼魅，投影江中，仪容缤纷。

诸事皆宜，百无禁忌。

读古诗，心灯不夜，道树长春。

明人周是修《一壶酒歌》，满腹悲寂，又有徜徉山水的余情：

一壶之酒三四客，阁暖炉红窗月白。

围炉把酒但饮之，须臾相顾皆春色。

酒亦何美，意亦何长？

人生百年内，嘉会不可常，且乐今夕同徜徉。

飞霜落尽衡阳树，哀鸿叫下潇湘浦。

潇湘浦，九疑云隔苍梧路。

帝子香魂招不来，空余竹上啼痕处。

放歌一曲壮心悲，天涯漂泊我何为！

明当径度禾川水，却望庐陵山翠归。

　　山水中，浮云落日，青泥盘盘，悲鸟绕林，枯松倒挂，磴道盘峻，砯崖万转……大道青天，独不得出。这是古人的苍凉，这是今人的苍凉。天地一壶，山水一壶，兜兜转转，徘徊复徘徊。来处，出处，入世，出世，在山，在水，在人间。天意从来高难问，却不得不问。

　　庄子逍遥，神思淼游。庄子是一味忘情药，古往今来，我们都曾虚拟壮游，愿随夫子上天台，闲与仙人扫落花。今来古往，庄子是一场千年大梦，梦中梦梦复梦，恰恰用心时，恰恰无心用。云烟世界，生灭须臾，如真如幻，但见明月当空，教人不觉哑然，无言观水，默对江心一轮月。

　　时忧时喜，也不知此山水是否彼山水。有人在小说里写道，此方天地不过是武道大神所造，或者说是神的遗弃地，想来不可思议。但宇宙之大，或许偌大海洋仅是烈酒半壶，广阔陆地仅是酒杯数个。

在古中国的传统里，总是酒气多多。酒气是神气，是剑气，是仙气，是孤独之气，还是杀伐之气。漫步天地，难以超脱，这其中多郁闷多惆怅，不可释怀，阔大与虚无一时滞塞心际，只好仗酒为剑，倚杯买醉，把酒问天。

金克木二十四岁时，心事浩茫，有诗叙心：

星辰不知宇宙。宇宙不知人。

人却要知道宇宙，费尽了精神。

在生命之尾时，他又仿佛有所预感，写下《黑洞亮了》一文："从前我曾经夜夜眺望灿烂的星空，作一些遐想，对那些发光的明星很想多知道其中的奥妙。"

人生自是渺渺，所有的勤力与创造可能只获取点滴，但那也是一己之全；纵使全然淋漓的失败，也可堪视为一种盛开；又抑或看似饱满整全的收获，依旧只是点滴，却又是一种可以称之为开端的物事。总有一种大于我们的东西存在，存在于未来，却也是一种遗产，不断赠予，不断收回，无以名状却又令人神往，在某一刹那仿佛《奥义书》中所言：

全中取全后，所余仍为全。

　　长江之滨。古雷水磅礴，如一只浩大的时间减速器，梦境的蓝雨倾披，定格在近一千六百年前的诗人鲍照身上。

　　湖上莲荷浮翘的波纹，渐渐激荡出南方的忧郁秘密，以及，对岸的江西——泛黄史册中的"归去来兮"辞——尚青郁挂于彭泽县某地。若从华阳镇坐船涉江，便是池州（李白秋浦河和杜牧的杏花村熠熠闪亮）香隅镇，皖南的一个乡镇，广袤南方的一个特异分支。事实上我们乃于十月渡湖。地标高士镇武昌湖，一百余平方公里，大水汤汤。

　　湖的命在一条船上。船是湖的再世。我坐在船上，船在湖上走，走的是水路。四三九年，鲍照随刘义庆出镇江州，走的也是水路，当舟楫停靠此岸，他写下《登大雷岸与妹书》：

　　　南则积山万状，争气负高

　　　东则砥原远隰，亡端靡际

　　　北则陂池潜演，湖脉通连

　　　西则回江永指，长波天合

古雷水于鲍照是异乡之旅，波诡云谲，充满不确定性。古来诗人多畏异乡如虎豹，愁意牵系，前景未测，哪怕山水草木的细微变化在心际狂若巨浪。鲍照既是写实，亦是写心。

鲍照当年的水路我在走。无数人曾经走过。无数人走走停停。庾亮来过，黄庭坚来过，倪模来过。

水路也是尘世的一条路。另一条路是陆路，都是通向未知的村子和异乡。但终归有抵达的一天，是船，将湖和我的日子分成风、霜、雨、雪，分成二十四个节气，分成喜、怒、哀、乐。湖之路因船行而充满机会、乐趣、风险、期待。走在湖中的船，其实是微缩的湖，它披着一湖月色、日光以及鱼族的企盼，往春天走，往夏天走，如果遭遇一地棉花，船的身子溜刷地一拐，就是秋分和霜降。湖蟹潜伏在水下，也许八个爪子就贴着船底，像个偷渡客，它也要往一个梦中的地方。而我在船上，像一条站着睡觉的狗，我很少见过这么大的湖，湖就是我的远方。所以我只能用假寐来保持足够的警惕，不能让船稍稍偏离方向。

湖没有围墙，但四面八方都是水的墙。

倒扣过来的湖，仿佛一条船被时间倾轧。

此时湖面却绸缎一样温软、宁息，温和的桨声"唧唧""唧唧唧"，使人精神迟疑、恍惚，产生异乡即故乡的松弛倦怠。

这是我的湖，这是我的水路。

倪家墩、金家墩、饶家墩，泥湖、双塔湖、毕踏湖、周赛湖，雷池周遭的村落、地名被桨声一遍遍阅读……仿佛什么也没有，声音也消逝了。静。静。深凉的静。我已忘记这是雷池，眼前唯有千年的大湖，千年的大壶，那种银质的绿，岁月沉淀后是如此安静。

乡　年

大年三十，六点多即醒。窗外溟蒙一片，寂静无声。往年会有零星鞭炮声，多是孩子在催年。

起床漱口，烧水，泡一杯石佛寺红茶，加点蜂蜜，甜甜微苦不似茶滋味。红茶养胃，绿茶清肺，但我总不习惯绿茶。绿茶似剐水，喝几口胃便造反，饥肠辘辘似的。绿茶往往酽苦，非我族类。喝过好几年铁观音，微甜，得心头之好。后来偶听说福建物候所致，其中可能有农药残留，不知真假，但心里开始局蹐不安，从此弃之。

某年福建漳平的菲梵寄给我她自制的水仙冻茶，汤色金黄，回甘绵绵，兰香缕缕，可浮一大白。近些年改喝菊花茶，喝皖北大麦茶，都有乡野之气。喝红茶宜在下午或晚间，秋季为佳。石佛寺红茶产自山间的漠漠坪畈，泉水养茶，也当能清肺。喝了几口，心际空阔，一夜的浊垢消散，就给大花猫洗脸，给小花猫洗脸，给狗狗小漂亮洗脸。再呼妻唤女，立春已过，阳光晴和，春风送我好回乡。

高速路上，车流不似往年熙拥，即使在黄泥坡村，也有我不少的兄弟叔爷辈，在江浙沪粤闽打拼，且把异乡过成故乡年。

九点抵达黄泥坡。叔爷和堂兄弟们，要去山中祖宗坟头，各敬三杯水酒。

黄泥坡地处皖西南的大别山脚下，吴头楚尾，与湖北黄冈毗邻。这荡荡的青庚之地——庚，露天谷仓，依山傍水，山地、丘陵面目特立。坡下田亩丰稠，晴绿可人，可种双季水稻。坡上多为黏密黄泥，当年秀竹当风轻摇，无事少年将相邻两棵竹枝牵缠，可做悠荡摇椅，吟了唐诗最得味。临秋板栗炸裂，树下可拾金黄栗团红红栗果，脆脆香甜。黄泥最合制瓦拓砖，数十年前，多有存了几个闲钱的村人，请窑师就地取泥烧窑，入夜窑龙柴火熊熊，映红半边天，偌多人家的黄砖瓦房因此建起。我家老屋门前左有池塘，鱼游嬉乐，不惧人行，并栽有栗树数棵，叶茂果多。门前金桂银桂数棵，秋来穿金戴银，一篇香气大文章。亦有几畦稻田，一入夏稻花香里，蝉鸣盈耳。大门与明堂山遥遥相对，山似笔架。干旱时日，村人步行几十里，去明堂山虔敬祈雨。右首有小竹园一座，老栗两棵，树高五六丈。如今通组路到新家，门前门后门左门右，均水泥路盘盘，池塘砌起新坝，竹园桂树栗树早已消失。

沿坡而上，泥土渐腴，松杉入云，黑黝黝一片，青悠悠一片。记得酷暑山中，凉绿树荫，竹椅高卧，清茶融融风，溪涨青山拂人面，月赶繁星落满肩。白云数片，飞鸟一声，好山好水好茶好心好味。

祖宗们安居山中，一年一年，一年一年，无论魏晋汉唐宋元明清，守寂抱真。一行人，多为苍颡老人，要入山祭拜。拜老天所赐，昨夜下过一场冬雨，地皮微湿，芭茅湿重，免了乡镇干部为防火守住进山路口的辛劳。乡下暂未禁放鞭炮，陆陆续续便有祭祖的鞭炮声在山间回荡。我们这黄姓一支，祖源江夏，元末明初，也是和数十万安庆人一样，乃从江西瓦屑坝渡口涉江而下，开枝散叶，瓜瓞绵绵，一个族群约等于一个地区的民族简史。我曾翻阅族谱，多数人一生简化为寥寥数字，在泛黄的谱册上孑立。

我的亲祖父，一个光头老人，记忆中操一口侉子腔，总也听不懂。他喜欢沉默，似乎唯一的事就是牵绳放牛，拾牛粪，割草，再拾牛粪。偶尔见他耕田耙地，也吆喝，用一口不知所云的侉子腔。我对他好像没什么特殊的感情，他对我亦是。在儿童时期，我们多数时候如同熟悉的路人，见面打声招呼，如此而已。我的养祖父，抱养了我的父亲，我父亲在新家生育了我。我在一个新家里享受并耽溺亲情，不知道我这棵树其实有两条根。亲祖父家和养祖父家，两家距离不过几十米，我的大伯祝姓，和我父亲同母异父，关系却胶着复杂。大伯对我观感一般，几乎没有笑容。若干年后，直到我进了初中，才听姑姑说，习惯放牛割草的沉默老人是我的亲祖父。我后知后觉，哦了一声，彼时并不清楚亲祖父代表何种意义，心中到底是和养祖父更亲些。我问过父亲，亲祖父的老家在哪，父亲不知何故未作回答。再又几年后，模模糊糊听说亲祖父姓黄，是红军失散人员，祖籍湖北黄安。虽然我在县城读中等师范，但不过十六七岁，对于追寻祖籍实在兴趣寥寥。就这么拖着拖着，几年后，亲祖父辞世，然后养祖母祖父辞世。又许多年后，大伯辞世，姑姑辞世。湖北黄安已改成红安，我还没有去过，至于亲祖父的故土究竟在红安哪里，一个谜永成解不开的结了。

苍苍芭茅间，山路无痕。远望山下田亩，在冬日尤为荒芜，春夏秋葳蕤丰茂的采摘园清冷异常。清晨的白霜已经化净，似乎有嫩苗点点迸发，新绿如鼹。一路登山，仅穿两层秋衣，亦细汗涔涔，冬风不寒。

中午睡了一觉。午睡于我是绝对大事，睡饱等于吃足，增添神力。在乡村冬天莫大的惬意，莫过于高卧。高卧者，舒适之睡也。睡到自然醒，哪怕日迟迟。但二○二○庚子年的春节在老家，人总因未知无知而茫然惶恐。清晨打开大门，在门前水泥路上走几脚，真的只走几脚。担心撞见有谁不戴口罩。就连远远地和谁问好，还担忧空气里会飘浮病毒的唾沫。日日早睡晚起，中午又补一觉，后遗症不仅肉身吃力，且精神受损，几乎半年未写一字。

黄昏时分，沿乡间小路兜了一圈。天空气象一新，云彩如胭脂，如宝石，如红泥火炉，落日熔金，片片琉璃色，就是太阳落了，还会有新月皎洁，群星粲然。土膏微润，阳气稍蒸，新春不远。铁凉河从羊角尖一路流下，婉转向东。在记忆里，茂密的木梓、枫杨树影下，她曾层层清粼，明澈流亮。如今河水浅细，依旧不舍日月。

往年多见亲邻将红灯笼挂起，今年只有几户在架梯子，张贴印制的春联，偶有人家在贴年画、门神、福字。其中一户廊檐上堆满码好的松木柴，松脂金黄，木香阵阵。乡村许多习俗已经减省了，春联旧俗依旧免不得：

天增岁月人增寿，春满人间福满门

老话新话，都是实在话。福寿人家，传道久远。

老父乃乡里先生，平生古拙坏脾气，却修得一笔好字。记得二三十年前，腊月二十七八，常有邻人携大红纸，请他留春添喜。一张乌漆八仙桌摆在堂屋中央，老父心神怡然，摸一支狼毫在碗里饱满地浸把浓墨，刮刮大笔尖，一气呵成写下五七字乃至十来字春联。我和邻人忙不迭，将对联一排排晾在软软的阳光下，墨香透红，不亦快哉。

花香满院花觉趣，鸟语飘林鸟知春
红梅傲雪千门福，碧野放牛五谷丰

手工春联多有世俗之美，俗世里的热闹浸润美好的人情。门神驱邪，福字当头，年画喜庆，生机勃勃，铺满人生的和乐平安。见过桃花坞年画，杨柳青年画，朱仙镇年画，一派稚拙的天真，那是成人以孩子的目光赐福世界，携带温情。哪怕悲欢交集，也只是旧年，新年里要贴一朵朵色彩饱满的红，红红火火，福泽绵长。

印刷体春联走村串户，老父早已不提笔。他已高龄七十六，仍脚力雄健，每日清晨带着土狗乐乐溜达数里。眼略有些花，听力略有些下降，反应稍稍迟钝，其他无碍。老母七十又一，年年年夜饭仍力主操持。俭省一生，颈椎和膝盖早早受损，平日却不肯闲歇，点瓜种豆，种粮瓮菜，给邻居剥茯苓皮，到南庄拔生姜。我和妹妹劝过多次，她说劳碌命，坐家不动，毛病上身。

今年我家春联亦是印刷体。以前多请县内书画家胡飞题写。胡飞性格憨实，不事张扬，其书别具一格，其画满纸古风。尤喜他的清润小册，几枝，几朵，几痕石，山水疏朗，一个古人携杖看山，登山，腰背微佝，当是老派读书人，读得背驼，驼背中藏青绿书箱，炯炯神在。

前几日父亲问我，明年电话拜年？三年不走亲，恐成陌路人。真是两难。我沉默了许久，无法回答。

一饭一蔬，在宣纸上濡出一片风雅。人过五十，最耐听的却是锅碗瓢盆，叮叮当当，一片吉庆的喧响。到底凡俗，喜欢一家人团聚，孩子安居乐业，老父老母身体康健，就是天然一段福气。

傍晚五六点，祭祖还年之后，关大门，开始吃年饭。以前是八仙桌，敦实厚重，父母坐上方，正对大门。梓童和外甥女锦秋坐左右手，要高看一眼我家两个读书人。我坐下方斟酒。这几年改成圆桌，没那么多讲究，但父母年事渐高，非要我和老婆坐左右手，父亲坐下方执酒，说我们是顶梁柱。今年年夜饭，恭请老父母坐左右手，年长为尊，父母为尊，守规遵俗，是天地良序，不敢逾矩。

吃年饭以不断添客为佳，人气足则精气足，所以总会多放几双碗筷。前几年古风犹存，总有亲邻来串门，父母欢欢喜喜请客上席，推杯换盏。不知不觉，酒意里翻涌情意，情意里起伏热肠，心中似户牖大开，风月入怀，就再喝了几杯。

今年冬暖，暖到如同小阳春，春风不止十里，年味却淡了些，意犹未尽。

犹记得乡间很多年，暮色苍茫，风雪大作，家酒新熟，炉火已生，冒着热情的火光。年饭时家人促膝对坐，端起杯子，仿佛执子之手，有身在红尘的涓涓美意。

酒是快乐的重逢，也是礼仪和德行。

年饭必有鱼，年年有余。必有糯米大圆团子，团团圆圆。年饭后必有压岁钱，红包孝敬父母，寿比松柏，鼓励孩子能谦逊做人，宽怀容人。

最好的年总是往年。往年的整个腊月，村子里忙东忙西。买新衣，磨粉，杀年猪，打豆腐，灌猪肠，烫豆粑，做米粑，蒸圆子，炸生条，庭院除尘，压轴就在除夕，穿上一身新，吃顿好饭菜，心情生翼，百骸舒朗。二○一四年冬，我写过《烫豆粑》：

磨完豆粑浆，接着就是烫豆粑。烫字妙，别致，形象。不是烤、煮、熬、腌、风干出来的，是靠松毛（松针）灶火慢慢烫出来的。准备烫豆粑，先得定好日子，各家错开，七亲六姨邻居嫂婶，都来帮忙。这是细工，慢活，急不得，五六个人配合，各有分工：一个有经验的农妇，主厨，其他帮手若干。农妇主厨站在锅边，等锅烧红，用丝瓜莆蘸油擦锅，然后用长柄木瓢或铁瓢，舀半瓢豆粑浆，沿锅边均匀倒上薄薄一层，浆汁有空缺的地方，迅速用河蚌壳或刷子刷匀，使薄饼厚度一致。

约五分钟，一张豆粑饼就烫好了。然后，请小心，把烫好的豆粑饼铺在倒放过来的竹筲箕上，帮手一快速端走，放在一个直径约五尺的扁平晒筐中冷却。帮手二待豆粑饼冷却，立马折成长一尺五寸、宽一寸半的条状。帮手三把卷起来的豆粑饼，横着，细细地，一刀一刀地切，切成丝。接下来，就要看老天的意思，当风和日暖，乡亲们迅速搬出一大溜晒筐，上面均匀铺满湿豆粑，直到晒干为止。成形的豆粑不是圆形的饼，是条形的，比面条略粗、短，色泽微黄，能让农家的口福持续半年以上。

今年围炉无须架柴烧炭，只是全家团坐，嗑瓜子，吃糕点，看春晚，说笑无羁。五彩果盒堆满了各色糕点，璨璨心甜。岳西名吃白帽霜果是点心里的白玫瑰，店前麻球是点心里的白牡丹。又有方片糕，也称云片糕，拈一片，如掬一朵白云在手。这是人间吉祥三宝，白芝麻粒粒与糖霜竞辉，莹亮生光，福贵生光。

守岁灯早已盏盏亮起，门前灯火灿灿，堂轩卧室厨房灯光暖照，柴房也亮起了一盏灯，亮亮堂堂。除夕一夜通明，初一一夜通明，初二一夜通明，初三一夜通明，一年四季，大放光明。

拿着电筒在乡路上走，其实电筒也就是个意思，路灯很亮。有人喊我去搓麻将。乡路上没看见一个小伢，那种提灯笼，放摔炮，叽叽喳喳，呼朋唤伴的游乐情景，不知道明年除夕夜有没有。

年初一，一觉觉来太阳照东窗，起身忙换新衣裳；家堂君亲天香点，祖宗尊像挂中堂。九子果盘装齐整，预备客人来来往；今朝叮嘱用人莫扫地，小儿吃饮莫淘汤。

《新年十日歌》不知源于何处，诸多禁忌，诸多喜气，今日元日，早早开门迎吉。

五点多起床，漱洗完毕，神清气爽。又是新的一年，开门看向远天，天色朦胧，东方泛红。时不时有烟花绚烂划过，伴随震天响，处处吉祥。村落里日常的喜气仿佛攒了一整年，攒到了除夕和元日，福分情分像红牡丹开放，满心吉祥。一年之始，天地弥漫兴发之气，万物吉祥。红日出山，明堂山流光溢彩，年年姿容如昨，状似笔架，是读书人的吉祥。放过了烟花鞭炮，碎红满地，灿若云锦，踏在红地毯似的村路上，一时满村瑞气，如意吉祥。

往年拜年提酒备糕，久久长长，高来高去。包包箱箱鼓鼓囊囊，礼不重，情意如山花年年绽放。

早上八点，开车二十多里，去了山湾里的五个母舅家，进门道声恭喜恭喜，发财发财。大舅年届八旬，二舅三舅小舅六七十岁了，气色均好，大为宽心。舅妈们心窍玲珑，回馈了炒花生、糍粑、高粱粑。糍粑是老父的心头好，炒花生是我的心头美。去了大山里的岳父家，拎了烟酒。梓童已工作，居然收到外公的大红包。岳父耳聋多年，依然木讷，脸上的喜气却是遮不住。早饭以牛奶代酒和妻侄女的公公婆婆对酌了几杯。酒席上一片喧腾，嘻嘻哈哈，妻侄尤为高门大嗓。我们笑称刘老板，祝刘老板牛年牛气，日进斗金，大家跟着吃香喝辣。

饭饱即辞。妻侄和妻侄女婿各携小儿女到我家拜年。小院里停了几部小车，稚子嬉然，一派烂漫，狗闹人欢，花枝轻颤。想当年，冰天雪地，我骑摩托带妻儿去岳父家拜年，上岭下坡，车轮打滑，摇摇摆摆，真是危乎高哉。忽然一笑。

妻侄女细心，酒席上举杯祝我生日快乐。

今日且作生日歌一首。

元日生元气，元气满满，神气满满。汪曾祺说他的生日是农历正月十五，"沾了元宵节的光，我的生日总不会忘记"。我沾了大年初一的光，大约出生于寅时，一元复始，万象更新。算起来我一生逢凶化吉，和和顺顺，或许是元日的福分分了些我，分得不多，见好就收。人要惜福，见好就收。

汪曾祺七十岁生日，写了一首《七十书怀出律不改》：

悠悠七十犹耽酒，唯觉登山步履迟。

书画萧萧余宿墨，文章淡淡忆儿时。

也写书评也作序，不开风气不为师。

假我十年闲粥饭，未知留得几囊诗。

腹有诗书，真好。可惜我读书还是太少，可喜我还在读书。今天已满五十一，虚岁五十二，还是中年人。一个中年人，以书遣兴，能保存锐气，消退燥气，常怀静气，是读书读出了别裁。

下次请胡飞兄写一首打油：

人过五十悠着点，不怕书山步履迟。

夜半煮字疗饥渴，登楼看景且随意。

不写书评不作序，城头变幻大王旗。

闲吃卅年好粥饭，莫问留得几囊诗。

初二日阳光潋滟，啾啾鸟鸣，从枝头鸟窝倾泼，歌怀醉耳。在乡间踏青最好，山园日静，花径风甜。天上白云数朵，稚儿亦能清数。村路上摩托和小车往来络绎。

中午接待母舅和老表，饮酒数杯。

下午父亲无事悠悠，用一根绳子将土狗乐乐和博美小漂亮拴在一处，城狗和村狗不复互相撕咬，居然乐陶陶，亲昵无隙。

莞尔一笑。

母舅家的老表去竹林间帮挖冬笋，尖尖小竹笋，层层包衣，状极和美。笋之鲜得于天然造化，内蕴大神通，喜食笋者，几箸下去，便是陆地神仙。

《艺苑雌黄》载，五月十三日是竹醉日，栽竹多茂盛。宋人黄山谷说竹须辰日栽，"种竹无时，遇雨便移。多留宿土，记取南枝"。

日本人松尾芭蕉有俳句《竹》：

种竹日，不下雨，也要蓑和笠。

其意味略如芭蕉叶上秋风碧。

我家门前和左手边，仍有竹园两座。夏天急雨喷薄，竹间似瀑布倾下，冬日密雪纷纷，枝头碎玉簌簌，恍若琵琶切切弹。

初三到县城值班，在街上开始"两禁"巡查。街头巷尾人流细细，店铺几乎关门。铺上春联如桃花绽艳。桃花是好花。听说肥西三河镇的桃花岛，桃花开了。肥西在合肥，我去过。肥西肥美，有老母鸡之肥，落英缤纷之美。肥西是个桃花美人，人面桃花，桃花人面，未见妖冶气，似一幅盛唐山水。心头藏了桃花美意，下笔如有神。笔下神仙助力，二〇二一希望年成好一些。日光作纸，夜色如墨，世道研磨，心事成字。人家多求财，书生祈愿文章多锦绣。山河锦绣，文章锦绣，各自添了好颜色。

今日梓童生日，有同学早早相约。下午在廊桥上的金沙量贩唱歌，歌罢去竹篙尖游乐园，晚上十来个同学聚会，喜乐开怀，随心随意随性。真是年轻无羁，令人羡慕。

县城的梅花开得汹涌，红梅一树树，透过树荫，洒落几个行人的身影。

春天和少年一样，勇力饱满。一年年，春天再来再走，再走再来。

此后逐日作息乡间。

至初六晚，堵车一个多小时，抵达县城准备初七上班。

年是结绳记事，好的坏的，都打个结。坏的，赶紧丢掉，好的，小心收下。

乡居如梦，再待来年。

二〇二一年正月初八完稿，岳西

附二〇一九年正月旧作：

初三小记

昨日新年初二，去拜母舅。母舅家在古坊大湾，我当年教学的第一站。转瞬三十年，五位母舅，均已进入苍苍暮年，但精神仍好，高门大嗓。三舅听力已损，说话需正对他耳朵，这种场景令我恍惚，想起家婆在世时，亦是对她耳朵大声说话。大舅、三舅及老表，邀我去山塘扑泥捉鱼。清水塘，清水凌凌，风景可人。鱼是野生胖头鲢，头大如斗，二舅提给我看，老表说这鱼几无脂肪，三五年才长三五斤，肉质柔滑如雪。惜拜年连轴转，岳父家还有一批亲戚在等。年年有鱼，年年有余，且留着念想。

前日大年初一。初一喜气盈盈，乡间鞭炮自午夜起，噼啪不停。

初一早晨去羊角尖看山，看人，与同学相聚，喝了高度二锅头。晕晕乎乎，红晕满脸，路上见人，均致福语：鸿运当头。一抬头，路边人家，户户大红春联，可谓鸿运当头。归家一个午睡，睡到三四点，推窗见阳光大好，忍不住去夹石沟农庄、诚谊农庄走走。农庄里，有花枝初绽，鱼池里红鱼黑鱼白鱼摇曳。亦有各色孩童姑娘少妇老汉，伛偻提携，往来而不绝，在农庄闲游。都是无事之人。人生无事最好，做无事之人，做有味之事。

初一是我生日，在黄泥坡，亲房里我为同辈老大。晚上一班老同学，亲房的弟弟妹妹，叔爷小妈，闹哄着来喝生日酒。算一算已满四十九，对镜自览，白发无处可藏。火锅热腾，酒是迎驾，人是好人。

今日初三，吉。一生二，二生三，三生万物，万物勃发。

有妻侄新女婿上门。乡俗里其父母要来，要喝新女婿个脸红耳赤，掂出酒量，以酒考较他为人直不直。乡俗渐淡，如今新女婿多驾车，以不劝酒为美。

吾家闺女梓童初三生日。梓童在合肥读大三。二十一岁。

二十一，好年华，嘉日见喜。早上她表爷表妈表哥从武汉来，梓童收到红包。她大姨、姨家表姐、表哥、她妈、她姑姑，微信红包滴滴答答。祝福无数。小狗博美，白雪团似的，嘻哈不休，梓童给它一个红包才安静。我在门前闲走，老树新枝，散落田畴。其东方诸峰，林壑尤美，望之蔚然而渐秀者，是明堂山。明堂山在吾家门前，相距数十里，近年开通玻璃栈道，生意兴隆。书香门第，书香在一本《2017年中国短篇小说精选》，我已改写小说。小说就是小声说话，说给人的内心。

初三日，春气升腾。

接下来初四，初五，初八，十五闹元宵，日子如水，闹得春枝葳蕤。

我乡有舞龙舞狮，灯会人盛日，人头攒动。谁家电视在放黄梅小调《闹花灯》。花灯花，花灯红，雪打花灯好年景。

去年除夕亦是立春。按常俗当鞭打春牛。春风无限。心中有春牛在野，秋获在望。

神仙记

　　皖西南山水轩昂，风物宜人。风物撩人处，白云出岫，露珠如跳丸，多产神仙和怪精。神仙在天，亦在村野。忆起儿时和祖父路过小酒馆，木桌四围坐有乡医和粮站职工，推杯换盏，吆三喝六，脖子赤红，菜香酒香一齐勾动我的馋虫。他们一个医人，一个疗饥，均为乡村大能，故酒风吼泼。祖父羡慕说真是快活神仙。我记住了快活神仙。

　　今日霜降。《月令七十二候集解》云，气肃而凝，结露为霜。霜降时在乡下，竟吃得溽暑应季好豆腐，美名为神仙豆腐，乡人炫耀吃了豆腐赛神仙。若多吃几口，口腹间必昂藏仙气。我希望有万千剑气，荡气回肠。回肠荡气的还是神仙豆腐，人生快意事莫如做一个饮食神仙。

　　豆腐有自在贤淑清白之风，形如白玉，柔若无骨，似书生难消美人恩。豆腐是清爽嫩白娇小美人。平生最爱嫩豆腐，秋日草木黄落，火锅当道。咕嘟嘟风云初起，几块雪白嫩豆腐入锅，锅里漂厚厚一层红油。红油和辣味如山中大王野汉，娇滴滴豆腐西施哪敌得铜琶铁板糙蛮无理，旋即缴了械。入了味的嫩豆腐自有了美妇的数分泼辣。辣到欢处，即情深，亦不改温良本色。此是火锅的造化，吃货的心头好。

神仙豆腐则别具高冷气质。其色碧绿，手感软滑，果冻般吹弹得破，入嘴生凉，如夏夜槐荫下蒲扇生风，又微苦生津。有村妇撒白糖以解苦，则似碧玉盘中落星辰。神仙豆腐另有烹法，切为小方块，加油盐轻煮，撒葱白蒜泥，撒山野红辣椒粉。如此一盆绿打底，点点红润，红绿相映，拌以皎皎葱蒜之香。豆腐清凉败火，土辣椒鼻尖冒汗，冰火两重天，冰火两极，自成流派。能镇住沉闷痊夏，祛除肠胃郁结，吃过神仙豆腐，便一身痛快通脱。神仙豆腐有佛心，通佛性，让人往净里禅坐。

春深至夏，寻不到山野神仙，唯见山间"神仙槎"，绿叶粲然。心境亦粲然，长翅欲啄。乡人习惯将神仙槎嫩叶做豆腐。可冷法和热法制作。冷法即洗叶捣烂，放清水浸泡一小时，后用棉布过滤，盎然绿汁盛于盆，加草木之灰点卤，遂凝成胶状豆腐，绿茵茵如清溪在野。热法即将树叶直接装盆，倒进沸水，和草木之灰，快速搅动，至水温不烫手时过滤，待自然冷却成型。草木情义，赠我豆腐，真神仙之味，神仙至味，神仙知味，给个神仙也不换。

神仙槎，学名腐婢。《本草经集注》载其别名：土常山、臭娘子、臭常山、凉粉叶、铁箍散、六月冻、臭黄荆、观音柴、虱麻柴、臭茶、小青树、糯米糊、捏担糊、墨子稔、豆腐木，清奇到下里巴人。其叶制豆腐，在浙地亦流传颇久。在鄂豫皖大别山一脉，神仙槎有学名双翅六道木一说，事见甘启良所编著《竹溪植物志》。腐婢与双翅六道木，其叶神似，是否近亲，该盘问植物学家。我所食神仙豆腐，系胖女店主将神仙槎嫩叶置冰箱冷藏数月，方有霜降日万般神仙滋味。乡间又称为观音豆腐，果然一分慈悲，两生欢喜。

小镇靠山而居，境象丰腴。山名司空，曾有大佛慧可禅迹，诗客李白游踪，文脉温和。山中何所有，如今岭上多松涛，惊拍云海。入山三五人，访神仙而不遇。神仙以云为马，不知所终。下山时，沿老巷子乱走，日光潋滟，恍若艳遇。在老巷无意食得豆腐似神仙，围桌诗酒，秋风里敞怀，杯筷间云烟起落，果真做了半日快活神仙。

霜果记

　　秋风吹动清游少年影像。观山中各类远峰，影影绰绰。在去乡村的路上，偶见路边院落伸出一棵清瘦的柿树，红果粲然，柿柿如意，如霜落苦寒，仍未脱稚子之心。

　　霜降之果，多染人间霜色。唐人韦庄词句"垆边人似月，皓腕凝霜雪"，说的是美人脂凝如雪。雪美人如霜果，怀清霜之气，披一肩冷月。凛凛如霜，故雪美人随便吃不得。

　　我吃的是美味霜果。如霜白的家常点心，半个拇指大小，色泽莹莹，入口松脆，如嚼秋霜。甜蜜中浮起糯米陈香，风情络绎。霜果是童话里的拇指公主，白裙璀璀，搁在蓝花瓷盘中，欲说还休，欲说娇羞。旧日老家供销社食品厂，选取上等糯米，水浸半年后碾磨成粉，蒸煮后分切成形，制作料胚，至秋冬放精炼植物油中，低温初炸成型，再高温膨大，至颜色金黄，酥脆可口，裹以糖浆，后拌特炼白砂糖，便是春节的喜庆糕点，与麻饼、麻球、柿饼、红枣、大白兔奶糖一道，与红艳艳墨色淋漓的手书春联一道，和气生财，自拥满屋别样繁华。

植物中霜果繁多，经霜愈甜。仿佛人心里，苦尽甘来。我在售卖霜果的简陋铺子里，听老收音匣子中黄梅戏《天仙配》，男主、放牛穷小子董永爱情的悲乐哀喜，人仙殊途，董永前路漫漫。开铺子的苍发老头，似乎对买卖并不在意，双眼微眯，五指在木柜上随曲子轻叩，笃笃声中他入了戏。

叫霜果的点心，姊妹系列里有麻球。工序大致类似，后期略有不同。白芝麻粒星星点缀，似大珠小珠落玉盘。盘盘是旧时天气的霜雪。那时守岁嘻嘻闹闹，鞭炮不时闹响。墙角一堆熊熊松火，暖得人脸生辉，日子生金。瓜子、花生、霜果、麻球、水果糖，在果盒里堆如小山，我们勤快的牙齿不辞劳苦。待清晨推开乡村木门，抬望对面山，皑皑雪意中有旧枝新芽放春。春日静嘉，恍恍惚惚，一片春心挨着大年初一的皇皇大宴，近了。

婚宴记

侄子结婚，天朗气清。风日甚好，和气好合。

族里叔伯乡邻，眉眼间亦有十分喜气。乡村喜气，早发于清晨日升之际，富丽堂皇，有叔伯在清扫门前稻场和迎亲道路，沙沙中地气升腾喧响。庭前桂子香缕缕飘散，桂子即贵子也，天作之合。大婚之日，吉兆。

从前慢，从前是妯娌姑嫂婶娘小妈小奶等，摊几张晒筐，摆几盆凉水热水，支几口大锅，架几灶柴火，头天开始忙乎，洗鱼洗肉，洗海带，杀鸡宰鱼，泡发五谷米，淘米磨浆。清水白菜，清白门风。搓籼米圆子，炸鸡蛋糕，用石膏点卤压豆腐。之前富余人家还从猪圈里拉过一条肥猪，数名壮汉配合屠户，一个时辰下来，木梯上悬垂两大爿肥白。似密实好日子里横逸的飞白。主妇会精心算计，洗净猪下水炒青椒若干碗，大锅红烧肉若干碗，猪蹄子炖黄豆若干碗，猪肚豆腐毛鱼汤若干碗，猪耳朵猪头肉若干碟，猪肝里脊肉汤若干盆。碗盆之中，流光溢彩。亦有山风鸟声若干碗，阳光月光若干盆，齐齐吹入中国花木画式的岳西乡村。

婚车接来新人，今日金阳灿灿。大门两侧喜联金晃晃，右手上方张贴大红纸一张，张三张四张五张六及诸人婆娘名字赫然在列，各领活计，各司其职，忙而不乱。一群麻雀，意态悠闲，在收割后的田畴踱步。

大脚板男人到上屋下屋人家驮八仙桌，扛长条凳子。驮八仙桌者脑袋扎在桌板下面，身子微弓，双手支叉扳紧两条桌腿。扛长条凳子一般是三条，第一、二条凳脚朝上，第三条凳脚朝下，趴在第二条上面，姿势暧昧，喜宴中暧昧为美。待桌凳齐全，摆放归位，一张小红纸会贴在桌子下首，上书亲戚及桌长姓名。桌长多为新郎族人，拿筷子拿碗拿酒，到厨房搬炭炉。偶有木炭未烧透，烟气呛人，便有人打喷嚏咳嗽，骂桌长猪头。吵吵闹闹，热热闹闹，间以荤话，谈笑间穿长褂总管事的叔伯，亮起嗓门，代表家族对亲邻友朋往礼表述若干客气话，同时宣布婚宴开始。屋外鞭炮噼噼啪啪响起。数名传菜人端乌漆托盘，依次到附近各家堂轩递菜，碗碗吉祥，盆盆如意。

徽食同源，皖西南婚宴菜肴亦重油重味重情重义。每一碗，每一锅，每一盘，都饱含宠溺与恩慈，一片情意，与人心暗通款曲。

第一碗是红枣，早生贵子。

第二碗是桂圆莲子汤，百年好合。

第三道是排骨炖五谷米，五谷丰登。

第四道是籼米圆子，幸福团圆。

然后是椎肉饼，炒腰花，炒肚丝，花团锦簇。

然后是银鱼豆腐，带肉丸子的三鲜汤，金银富贵。

然后镔铁锅里是鸡汤，盘子里是鱼，吉祥如意，年年有余。

年年有余是乡村风俗的根本。年年，风景里的婚宴在一户户农家扎根。《诗经·樛木》："南有樛木，葛藟萦之。乐只君子，福履成之。"婚宴的妙处是见证俗世的欢乐，安详太平，一杯一盏一盘一桌一椅，如切如磋，如琢如磨，诸般琐碎，无不透出传统的真切与诚恳。

现在的婚礼少见花轿。我对花轿有种莫名的情感。有些事莫名其妙，花轿正是莫名其妙。其妙在乎欲遮还掩。大抵如江南纸虚窗下看秦淮灯影，看素月银辉，有旧物之美。记起醉翁欧阳修《南歌子·凤髻金泥带》：

凤髻金泥带，龙纹玉掌梳。走来窗下笑相扶，爱道"画眉深浅入时无"。

弄笔偎人久，描花试手初。等闲妨了绣工夫，笑问"双鸳莺字怎生书"?

　　一种蓬勃的女儿情态，照耀了饕餮中的民意、民生。

　　是日也，二〇一九年十月二十一日。再过两天，又要吃妻侄女的喜酒。

羊桃记

　　远山有包浆气，树木经霜，枝枝微醺。山风鼓荡，一时万籁俱静，枝头的红果粲然，似乎一忽儿就簌簌挂起了。

　　盘山道上，峰壑交错，往往山花烂漫。山花，烂漫一片，兀自这里那里，拐角冒出一枝，山坡突兀一片。山里好颜色，四季好颜色，尤其春来，在一山惊喜颜色里，芭茅草青青轻轻倩倩摇荡，映射出一个花花世界的好颜色。

　　四季斑斓的油画册页中，春日杜鹃，野樱，桃花，棠梨，兰草，八月楂。夏季荷花，格桑花，金银花，桂花，百合，牵牛。秋天山茶，金桂，木芙蓉，木槿。寒冬蜡梅，结香，小苍兰。花花世界，凡百数十种。难得山花烂漫，难得人心烂漫。烂漫之心，在乎山水之间。烂漫之花，自在人心，美得本色。山地一派天籁和野性，犹如小路斜伸进草茎中，似无迹可寻，又隐约在远处露出一线白。中国画的留白。飞星过水白的白，露从今夜白的白，渐渐，密雪埋溪僧未扫的白。

山间秋日山色乃天色所化，天青色，有元青花的姿容和魅态。

松果跌落，空山更空。松枝如弦，松树下引弦而发的是漫山羊桃。空气里那种毛茸茸的甜香，和枝蔓交缠，枝蔓间又夹杂了松脂香，萦回鼻端，酥软手足，警醒视觉，旋被山风送远，令人七窍讶异。小镇以羊桃著名。村野田畈山坡，一片愉悦欢喜的金色，掩映于青山绿水之间，仿佛小时候口袋装了几颗糖。

羊桃皮色黄亮，肉色清逸，酸甜别致，未熟期生硬如铁，酸味袭人，成熟后切开即食，甜度远超酸度，肉质润和，汁水十足。小镇的羊桃品种甚多，金魁、海沃德、阳光金果、东红、红心，各自滋味绵长。

中庭井阑上，一架猕猴桃。

石泉饭香粳，酒瓮开新槽。

岑参《太白东溪张老舍即事，寄舍弟侄等》诗句，如习习微风中，酒瓮半开，石泉煮饭，其情其境，是山里才有的风味。山里味，有腊肉香，蔬笋气，嘈嘈切切。

岑参说的是猕猴桃，猕猴桃即是羊桃。《诗经》说"隰有苌楚，猗傩其华"，苌楚则是羊桃的古称。

苌楚这个名字难免拗口，猕猴桃形象却失之浅白，羊桃好听，惜乎俚俗。我乡靠近古县太湖，方言源自赣鄱，俗称杨桃，或许因为酸酸甜甜类似杨梅，风味渐出。又有人称为洋桃，但它似乎并无洋气。我习惯称作阳桃，春阳大块赠我好文章，阳光如瀑，好文章翻山越岭在主簿的瓜棚豆架下等我，酸酸甜甜如阳桃。

鸭汤面记

鸭汤面里多人情。人情甜美，鸭汤面鲜美。鲜美里带点咸味，可谓咸里藏蜜。小县城中的人情，莫过于清早在剧团巷请我：来一碗鸭汤面。鸭汤面面相敦朴，汤色金黄，葱花点点绿意，躺着的几块鸭血细腻慵懒，竖着的几坨鸭肉肉色红亮，横着的几茎青菜色泽丰润，视之有一种耀目的明朗。

鸭汤面的鸭子来自乡村，河中清流无声，水草丰茂，卵石历历，实为无名河。大别山里小县的无名河，没得八百，两三百条是有的。两三百条无名河，纵横在两千多平方公里的峰峦丘壑间，绕山而行，抱岩而下，七弯八拐，扑跌偃仰顿挫，雨来水大，响晴水细。河中细小的鱼虾自在嬉游，绵若无骨似的。鸭子喜食小鱼小虾，春溪水未暖，鸭子如玲珑的小船浮在水上，逐水而流。散养的鸭子，自有野性的鲜美。

我乡山峰奇崛，林木野秀。有事没事，上坡爬岭，看景，看人，看瀑，看古村。斯地山水鲜活乱跳，心猿意马，痛快淋漓，敧纵变幻，疏狂似得米癫神意。

　　鸭汤面的人情，在乎手工面福寿绵长，在乎山水的美意入腹入心，心心缱绻，人情即心情，心情大过天，人情大过天。

　　忆起一碗鸭汤面，伴以青花瓷碗，筷子间起落，是母亲的味道，是儿时的味道，是归乡的味道。清寒中略显清贵，抚慰人心。

　　人流肥沃，拥挤在狭长巷弄里，层层叠叠，密密麻麻。每日每月每年，闹嗡嗡的早晨，剧团巷里流淌粉丝煲憨厚的烟火味，包子铺拙朴的市井气质。转头一看，尽是熟人，熟人日久，便是亲人，亲近之人。

　　店名叫作"黄尾鸭汤面"，位居剧团巷中间地段，旁有"高朋酒馆"。高朋在座，熙熙攘攘，热腾腾，虽无晋人古气，口角犹留余香。

光阴厚朴

一

暮色掩映。山中小路枞树低矮，芭茅焦枯，拌杂星点墨绿。小车交错在土路和水泥路之间，偶尔惊起不知名的鸟痕，渐渐有苍犬吠日，绕老年画似的村落起伏。乡村顿时陷入一种寂和晃荡，而一种年关接近的迷茫的甜也氤氲而出。

地标呈现：安徽太湖县之西北，大别山南，皖西南，小镇百里。东经一百一十五点九六度，北纬三十点六七度。

太湖县，古称左县、晋熙。这个县份老得史籍都快翻不动了。太湖两汉均属庐江郡，庐江郡就是《孔雀东南飞》的发生地，自挂东南枝，叶叶相交通，宗教般的凄美爱情流转近两千年。我研究过宋史，太湖宋属淮南西路舒州。舒州出舒席，夏天我睡在上面，连噩梦也湿漉漉的。太湖的隔壁，潜山、宿松、岳西，交织着二祖、三祖寺的澄明，二乔故里的空寂，小孤山的幽影，明堂山的挺厉。但我的目标是"中国济慈"（鲁迅语）、诗人朱湘的太湖，佛教领袖、诗人赵朴初的太湖。一诗一佛，诗佛生辉。一个独自苍茫，孤傲徘徊，铺张扬厉。一个清净本然，心明觉圆，拈花嚼蕊。诗佛映照的太湖县，层层叠叠的山峦仿佛在磨石研墨，磨制成历史和空间的黑。墨汁一样的黑，眼眸一样的黑，在白纸上淋漓绵柔痛快薄冷：人文绚烂、佛光璨璨。

历史跟着拐了一个弯，借助一条前埠河定格在百里镇。前埠河只是长河的一小段。长河源于皖鄂交界的犁头尖，沿冶溪镇，经百里、牛镇，汇入浩渺花亭湖。复东南流，一路逶迤，扎进千里长江的怀抱。百里镇之北，十几里，耸立禅宗名山司空山。所谓前埠河，意即在司空山南埠。司空山周边之地，古属太湖县北乡。

历史回溯，北周建德三年（574年），禅宗二祖慧可，面临武帝灭佛之忧，辗转流离，一路南行，隐居司空山，传法与三祖僧璨，三祖传四祖道信，扩至湖北、广东等地，禅宗遂开花散叶。遥想茫茫苍壑中，二祖的目光曾横解索叆，雄放排空。如今二祖修禅之地，唯烟云写几抹清简淡远，这令我想起"云蒸山顶成沧海，云消山色依然在。须臾旸谷辉乍腾，片时沧海忽消沉"（《晚晴簃诗汇》）。

唐至德年间，李白避乱游历，也许是莽撞和懵懂之中，与司空山赫然相遇。从此卧石室，饮山泉，披霞衣，头戴狗尾巴草，窥日升日落？"天河从中来，白云涨川谷"，一个消逝的天才，总像贪食的孩子，他的视野里全是诗！诗！雾岚之下，诗仙随悠悠前埠河，漂泊百里。在李白看来，诗是诗人的道德律，河是翻倒的高古星空。或许某一天，诗仙曾借河自问，自悟，渡河而去，一脚百里，一觉千年。

晚灯次第亮起，我也一脚踏进了百里。

另一只脚，遗失在前埠河。我和李白，踏进了同一条河流？

二

下午的戏台子，如一部静立的老式录音机。弯弯前埠河，像吱吱呀呀的旧磁带，流啊淌呀，戏声如诉。

这是在百里镇柳青村。皖西南，地貌多坡坡坎坎。许多年，当老农将木犁解套，筋疲力尽，立在田沟里唱戏，撩歌，心胸肺腑，关关节节的困乏便涤荡得干干净净。田野，山坡，高冈，古今真乐府，天地大梨园。何须吹、拉、弹、翻、念、打，只需手一抖，就仿佛站在戏台提袍甩袖，吹胡瞪眼，我是我的王。

曲子戏，是乡村农民大苦中的大乐。其源于戏曲四大声腔之一的江西弋阳腔。元末明初，饶州（含弋阳）、九江府，沿河逐走的全是惊惶的移民。满脸菜色的弋阳腔，随之迁居安庆府各地，落地生根，嫁接方言、土戏、山歌、民俗，于是诞生了一朵曲子戏的奇葩。一年十二月，正月元宵灯，二月龙抬头，三月三，四月四，五月五日过端午，六月六日晒丝绸，七月过半，八月中秋，九月初九，再是那腊月腊八，小年二十四……月月有节，三月一会，喜庆时唱，丧事时唱，年节时唱，年年如是，拉长了乡村人的脖颈。

终于，在柳青村部前，曲子戏《关公降曹》开演。露天的戏台简陋，舞美简素。台下，人头攒动，满场的插科打诨，寒暄喊叫，整个场子混杂着姑娘们的芬芳、几里外赶来者的汗臭、孩子们手里炒黄豆的熟香、争位夺盘者的斥骂喊叫……

但见牛皮大鼓往台上豪迈一站，伴奏的云锣、铙钹、牙板，紧跟着跳跃翻飞，旋即小丫头似的亮开脆生生的嗓门。鼓声粗犷，锣声激越，牙板清脆，土墙、老树、黝黑面庞的人群、堆满柴草的院落，都在鼓声锣声板声里挺了身。关羽红脸黑须的，曹操奸臣相的水白脸，被几个农民演员拖在悠长的夕光里，述说三国旧事热热的红。关羽倒是修得了分身术，出现在陌路人驻足的不同视角。漫步中国，结义园、关神庙、土门上的关门神，威风凛凛，比比皆是。躲在暗处的关羽却不说话，他早习惯了红脸看秋月春风。现实中，芸芸众生早将关羽视为财神，财神系列里五大财神最有名：赵公明、比干、关公、范蠡、五路神和利市仙官，而得财的生活信义，一定是葆有忠诚信义，保存内心美好的秩序。我到过卫辉、运城解州，雉门、午门、崇宁殿、文经门、武纬门，寝宫、春秋楼、刀楼，处处都有关神的影子或气息。一年一年，风景旧了人未旧，化作戏台上的影，震响在观众的心坎。戏台上下，既是对话，也是轮回，戏台与看客，戏文与生活，翻覆颠倒。观众和角色可以互换，戏台下的观众一扭身，就融入了一个更大的戏台，变成角色，劳作、生育和相守，都是唱词。

曲终人散，每个人都转身走进自己的戏。依稀我听见，关公在唱："一是降汉不降曹，再就是要好好保全二皇嫂，三是有了皇兄音讯我去找。"飘渺了近两千年。一揉眼，已是次日清晨，闻不到半星锣鼓，只有萧瑟山色，伴着前埠河边五颜六色的村姑，嘻嘻哈哈的砧杵浣衣声，仿佛曲子戏，仿佛一切即将消逝的旧物，都成了旧年纸片与电视画面上的绝响……

三

有些人真是命硬，扎在荒凉寂贫之地，反而被野风吹得蓬勃。

在探访王大枢故居的路上，小径几无，野草葳蕤，烂泥没脚。

这是在百里镇东冲口，老竹、荆棘、灌木丛依然墨绿，草木深深，拥几堆残垣断壁，看不见昔日天井、廊檐、舂碓、热闹穿梭的鸡鸣狗嘶。潇潇细雨，使迷茫的冬日越发凄冷，渐渐沿着发梢滴落，滴进心里，上午就恍如阴寂长夜。

王大枢曾在此地苦读、劳作五十六年。

王大枢（1731-1816年），字白沙，号天山渔者，清乾隆三十六年（1771年）举人，举江左孝廉，拣选知县。少孤独，勤读书，筑室于司空山下，购书万卷，日夜寝读其间。

四十岁中举，不晚，却绝对不早。中举之后，做不做官，由不得自己，看家世、看背景人脉、看囊中银钱几何。王大枢一直等到乾隆五十二年（1787年），才被吏部挑选为知县，命即赴京受任。甫入京城不过五日，却被老家官绅联名举报"劣迹"，一张状纸剥下他的官帽官服，江南按察司定谳他发遣流放伊犁。

"劣迹"何在？王大枢隐隐明白，其著作《西征录》云："一侧身榛莽之间，更欲多言，无乃重即于愆乎？"因言获罪而已。蛰居乡里时，王大枢曾为稻粱谋而办学馆，为乡邻不平事而做讼师，其言激愤。讼师在大清一朝，广受诟病，"润笔而撄其金，抗颜无愧，下井而投之石"（牟述人），"民间每因些小微嫌动辄讦告。推原其故，皆由奸恶棍徒从中播弄……鼓舌摇唇，多方煽惑……徒使愚民荡产破家，废时失业"（董沛）。在官方视野中，讼师多为棍徒，"私囊已饱，为害殊深"。王大枢百口莫辩。帝国的官场，堪比洪流险滩。比官场更凶险的，是乖蹇的人心。

伊犁风光，如一幅色调浓郁的油画，又美又野，肌理感十足，令无数驴族心驰神往。而在大清，特别是乾嘉时期，却是流放者的沉重之城。《清史稿》载："若文武职官犯徒以上，轻则军台效力，重者新疆当差，成案相沿，遂成定例。"新疆地处边远绝域，成为清政府发遣重罪官员的主要地区。这些被流放的官员，称之为遣员、戍员或废员。乾隆二十四年（1759 年），清政府统一新疆后，次年即开始往新疆各地发遣内地获罪官员，到乾隆五十四年（1789年），仅伊犁、乌鲁木齐两地的遣戍之员，除陆续返回内地者外，累计达二百七十余名（《清高宗实录》）。仅仅伊犁惠远一地，乾隆末年，有遣犯三四千人，流放官员数百人之多，从总督巡抚大员到主簿县尉，无官不具。到嘉庆十二年（1807 年）止，乌鲁木齐一地先后安置各类遣戍之员三百八十余名（《三州辑略》）。

整个有清一代，发遣与流刑、充军、迁移一同，构成了残缺的流放体系。发遣分为当差、为奴、种地等情形，普通而言，职官及生员以上等人犯罪，发遣当差。普通民人犯罪，发遣当差或为奴。无论当差，还是为奴，都是在边地服劳役刑，为驻军提供服务或粮食供应。起解犯人的穿着另类，无论表里上下，棉衣单衫，一概用红布缝制。同时还要对流犯剃发，仅留取两头的一撮。解至配所后，遣军流犯均要杖一百或责打四十大板，徒犯杖六十至一百。

清朝流放，朝廷如不赦免，永远不能回乡。死后白骨返里，亦要请旨定夺。又没有年限，皇帝说了算，若皇上记不起来，只有老死边陲。

遥想当年，绝域新疆，曾先后留下名士林则徐、纪晓岚、洪亮吉、祁韵士、徐松、张荫桓、裴景福、刘鹗、温世霖的流放足迹。没做过一天官的王大枢，"有幸"忝列其中。更"有幸"的是，他遇到了伊犁将军保宁。保宁吩咐王大枢的公差，是修撰《伊犁志》。无独有偶，另一纂者蔡世格同为废员，谁都不能嫌弃谁，两个倒霉蛋从此抱团取暖，在伊犁开始了攀高山，蹚冰河，涉大漠，吃草啮雪的踏勘生活。

那段日子，悲欣交集，他们仿佛在渡着一条命运的黑河。

嘉庆四年（1799 年），王大枢算是结束了十三年的"效能自赎"的遣犯生涯。年逾七旬，终于归乡，两鬓皤然，犹手不释卷。嘉庆二十一年（1816 年），王大枢病逝。其一生，著有《西征录》七卷、《古史综合》十二卷、《春秋属辞》十二卷、《诗集辑说》二卷，均刻于世。《古韵通例》《陶诗析疑》《鸿爪录》等书，稿成未刻。

历史通常只关注少数人的极端处境和异常表现，这并不奇怪。王大枢其实是普通人。一个农家子弟，举人，塾师，讼师。按照正常的轨迹，他会入仕，走向庙堂之高，然后被无情的时间抹掉。但命运改变了他，是造化弄人，抑或流放是他的造化？

想起北宋建中靖国元年（1101 年）七月，常州久旱不雨，天气燥热，苏东坡病了数日，二十六日，已到了弥留之际。他对三个儿子说："吾生无恶，死必不坠。"意思是，我一生没做亏心事，不会下地狱。

王大枢临逝时，如何？历史的谜底永不可解。

王大枢故居有一块自刻的石头，上横书"介于石"，下刻"得磊之一，在豫之二，公不易三，士不算四"。《周易》第十六卦云："（豫卦）六二，介于石，不终日，贞吉。"介，古文做"砎"，坚硬之意。介于石，即坚如石。犹自言性格如磐石耿直倔强，而致命途多舛？或者，他告诫百里的子孙，"不忘初心，方得本心"？

其墓地位于东冲口船形山上。布满荆棘，无路可循。也许，苏格拉底替他做了解释："我要安静地离开人世，请忍耐、镇静。"

四

乡村是有魂的。乡村的魂是"年"。没有旧年味的年，是年的赝品。

百里镇与我的老家一镇之隔，风俗几无二致。皖西南农村，多山深林密，一入冬，家家户户，忙着冬腊风腌，要把成串的鸡鸭鱼肉、香肠口条，挂在窗台、土墙、门前晾衣竿上，让毛伢儿们看了，咂巴着嘴，口水直淌，满村嚷着叫着，"快过年了啰!"

南方人爱大米，北方人爱面食，皖西南介于吴楚之间，杂交出豆粑，汇集出南北风味：能像面条一样煮着吃，像饭一样焖着吃，甚至还能香脆地煎着吃。

百里的豆粑一般选用质量上乘的籼米，籼米韧劲足，吃起来绵，筋道。选好籼米，再把它和小麦、黄豆、小米、绿豆、芝麻、玉米、高粱、荞麦等等，浸泡十几小时，按十斤籼米配三斤杂粮的比例，拌和均匀，再按五比一的比例兑好水磨浆。

磨完豆粑浆，接着就是烫豆粑。烫字妙，别致，形象。不是烤、煮、熬、腌、风干出来的，是靠松毛（松针）灶火慢慢烫出来的。准备烫豆粑，先得定好日子，各家错开，七亲六姨邻居嫂婶，都来帮忙。这是细工，慢活，急不得，五六个人配合，各有分工：一个有经验的农妇，主厨，其他帮手若干。农妇主厨站在锅边，等锅烧红，用丝瓜莆蘸油擦锅，然后用长柄木瓢或铁瓢，舀半瓢豆粑浆，沿锅边均匀倒上薄薄一层，浆汁有空缺的地方，迅速用河蚌壳或刷子刷匀，使薄饼厚度一致。约五分钟，一张豆粑饼就烫好了。然后，请小心，把烫好的豆粑饼铺在倒放过来的竹筲箕上，帮手一快速端走，放在一个直径约五尺的扁平晒筐中冷却。帮手二待豆粑饼冷却，立马折成长一尺五寸、宽一寸半的条状。帮手三把卷起来的豆粑饼，横着，细细地，一刀一刀地切，切成丝。接下来，就要看老天的意思，当风和日暖，乡亲们迅速搬出一大溜晒筐，上面均匀铺满湿豆粑，直到晒干为止。成形的豆粑是条形的，比面条略粗、短，色泽微黄，能让农家的口福持续半年以上。

吃豆粑也有讲究。吃法一，煎豆粑饼。把新鲜的豆粑饼，放油烙，蘸上点辣椒酱，十分的美味可口。吃法二，煮豆粑。跟下面条相似，先将适量清水烧开，再将豆粑倒入锅中，根据个人口味喜好煮五分钟左右，加入食用油、食盐、大葱或韭菜，即可食用。也可加入适量的小白菜或菠菜、红辣椒粉等。吃法三，炒干豆粑。先将干豆粑用温水浸泡几分钟，使其变软，加肉丝、姜丝、萝卜丝（青菜或鲜笋亦可）炒，再撒些蒜叶，淋上猪油或麻油；最后合上锅盖小火焖一会，让其烧出锅巴，令齿颊留芳。狼吞虎咽几碗，真是滋味绵长。

滋味绵长的，还有捣糍粑。吃豆粑像热乎乎的豆在心头滚，捣糍粑则是洪荒之力的绵绵合奏。

在百里乡村，捣糍粑把腊月味儿推入高潮。糍粑是皖西南一带的特产，和年糕类似，但年糕是粳米粉做的，糍粑是用糯米饭做的，年糕切成长条，糍粑是长方块。

准备捣糍粑了。勤快媳妇一大早起床，把糯米浸泡在大水缸里，黄昏时糯米涨了，就放进大蒸笼蒸熟。剽悍的男人，抱了蒸笼将糯米饭倒扣进碓臼里。三四个人围碓，抄起 T 形木棍，捣那热气腾腾的糯米饭。喊号子的，跟拍绕着碓臼转着乱捣。剩下的劳力坐在旁边，等谁累了轮上。老人们习惯坐在横七竖八的板凳上，抽自制的卷烟，笑眯眯看。

十几分钟后，糯米捣得差不多了。某人将手洗净，将捣烂的糍粑从碓臼里抟成团，拿棍的粗壮男人，往掌心吐两口唾液，挽起袖子，用木棍插进糍粑团里，一声大喝，挑起糍粑团举到半空，又"啪"的一声将糍粑团砸进碓臼里。

要是砸得很响，大伙儿就哈哈大笑跷大拇指。若未砸响，会被当众奚落。连砸了几窝糍粑后，通常要换人砸了。记得小时候，隔屋的黄世美爱吹牛皮，连续砸了三个后，将第四个糍粑团举到空中，却放了一个响屁，砸歪了，大伙奚落他砸的还没有屁响，笑声从我老家黄泥坡跑上了对面羊角尖。

春节期间，外婆家的老表在微信圈里发视频炫耀：几个大肚猛男衣锦还乡，心血来潮捣糍粑，撸袖子的，举棍子的，没几下，却捣得一头虚汗。最地道的是我小舅，六十多岁了，雄赳赳地有劲，捣得深，糍粑团子举得高。那一副陶醉样儿，睥睨王侯，舍我其谁？

吃豆粑，吃糍粑，农历的光阴在皖西南的百里堆得很厚。那是花间意，菩萨蛮，浣溪沙，相见欢，促拍采桑子。那是年少时悸动的情愫初旅和胎记，农村娃审美的第一课。

后山记

一

皖南转折。皖南曲折。秋浦河曲折而下，而上。转折的老巷，湿漉漉渗水的青石板，青苔苦暗，明明暗暗——这是我想象中的皖南。其实也是江南。皖南滋味像肥实甜腻的南瓜，丘陵像一大批伺机而暴动的南瓜，暂时挂在车窗的左边，伴随青阳的山水迅疾飞逝。

九华后山下有一座湖，号芙蓉。芙蓉别号芙藻，又名水芝，又名水华，取上善若水，步步生莲的意思。皖南亦为江南，多水之地。水势潺湲，生雨烟，生暮色，生三五粒豌豆大的游人。暮色四起，几丝风卷出湖中波光。我们在湖边走，湖水几无声息，像一个人静静坐在房子里。入夜芙蓉湖仍旧像是在曦色未开的清晨。而清晨的湖面宛似深夜，如夜黑般的深沉，水面有一种人们做梦时徒劳地挽留住身边人的睡眼惺忪。两岸的树丛和厂房，远看，亦和水流浑然成一体。似乎是空地、绿化带，一片人造沙滩和湖里的树影、人影也在流。仰首不可名状的飞鸟流逝，白云流逝。远处的九华后山，双溪寺和这湖边的人群难分难解流逝。一阵风带出的花花绿绿电瓶车流逝。一个少女的往事流逝，从公交里下车的小学生书包，书包里的课本书页流逝。一位民工——大约是民工，在十字街头踟蹰。他在寻找什么，又用双手想护住什么。他在流逝——茫然和懵懂也在流逝。有一种不可知的水汽的力量在介入此地。秋天的枝叶金黄，似在飞升，五月的时候它们集体下坠。五月的水分太重，根本挽留不住刹那，到了秋天下坠就变成了向上飞升，它们归于天空。天瓦蓝，一片乡野的瓦的蓝，民歌的蓝，民间的蓝。我曾喜欢裙袂的蓝。那些街上的风流逝，天空也随之流逝。天空是澄澈的水，看不见抓不住的水。我站在宾馆的窗前，凝视对面云化成水的波纹。它的浩荡就像汤汤顿顿的江声。皖南无大江，浩荡江声来自江边的安庆。我安庆的故乡江声伴随振风塔的钟声，都一起在皖南之地从我的内心奔流。之于小巧玲珑的芙蓉湖，皖江、长江就是一座座凌厉激越的巨峰，长刀一样流动在漠野上的巨峰。宾馆的清晨左右都悄无声息。旅客仍在酣睡。睡眠是睡觉和长眠的合体，梦里悄无声息。我也是客子之一——"客子光阴，又还是，杏花阡陌。"这是闽人黄公绍《满江红》里的句子，无端想起。黄公绍的杏花流逝。我能听见全是喇叭声，晨光斜射于湖面，犹如一千阵风吹动上万片树叶，好像这九华山一百多个寺庙的香火。芙蓉湖流经青阳县城，好像那些香灰被时间掸落，像二胡之弦所保存下来的音乐的泪水。有时我感觉某一段湖面有些冤屈，带有树丛深处的少男少女的欢情。那棵行道梧桐树下，一朵花仿佛蜜蜂和蝴蝶的停机坪。这是秋天，故事早已不在，蜜蜂和蝴蝶的境遇换成大妈们在广场舞的领地散步。湖水业已矜持，像一本古籍《本草纲目》，老菖蒲、枯艾叶般泛黄。还有泛红的，泛绿的，各色光，几乎无人注意，习以为常。湖水并未理这一茬，照样和照旧，不古不今，不生不死地流淌。

一座城有一个河型的湖泊，横贯两岸，就使一方乡土顿时逶迤缠绵起来，好像寻常百姓人家，有了生儿育女的炊具，有了提振门风的笔墨纸砚。而一湖水的婉转，又使一座城有了一抹中国的景色。而这就足够了，一湖水的诞生、流逝，周而复始，提供给人们岸和流动。真好。

二

在我酒店窗外的芙蓉湖静静地流。其安静虚薄，足可安放、置放一床古琴。我觉得远处的九华亦是巨大的扫帚，蓉城镇和芙蓉湖因此一片沙沙的凝神，包括古琴。九华后山，或许也有小沙弥在扫尘。琴声幽越，芙蓉湖被阳光一层层扫着，湖水洗尘，清水洗尘，就有好几层的安静。

后山是个动词，向后看山，向后看。山。山。山。都是山。山如秋树，万物脚迹如鸟爪印，看山是山，山也是一座守静的湖。安静堆积，叠静成山，散静成湖。一层层荡漾的静，漾到远处，人深不知处。七五五年，李白由金陵溯江赴浔阳，舟行至秋浦江面，遥望九华，想起在青阳任县令的友人韦仲堪，遂写下："昔在九江上，遥望九华峰。天河挂绿水，秀出九芙蓉。我欲一挥手，谁人可相从？君为东道主，于此卧云松。"次年，李白应故人之邀，曾一度上九华山，卜居化城寺东的龙女泉侧，读书作文。宋代此地建有"太白书堂"。吾乡岳西的禅宗名山司空山，亦有"太白书堂"，其时李白为避永王乱而隐居，行迹凄惶，虽筑草堂读书，心事当如浮云起伏。书生的梦寐之一就是有合心合意的书斋，可惜偌大山河往往放不下一张安静的书桌。李白的游踪在皖南遍布，《南阳送客》

诗曰:"斗酒勿为薄,寸心贵不忘。坐惜故人去,偏令游子伤。离颜怨芳草,春思结垂杨。挥手再三别,临岐空断肠。"南阳即九华山南麓的南阳湾,今为青阳县陵阳镇辖区。又有《望木瓜山》:"早起见日出,暮见栖鸟还。客心自酸楚,况对木瓜山。"《江南通志》载,木瓜山位于木瓜铺,系唐杜牧任池州刺史时求雨处,今属青阳木镇镇。这些诗句像一台老式放映机,曾怦怦跳动着比例不一的幽寂、自伤、怀恋、怨别、慕想的复杂情绪,但在时光的黑白老影片里,我看不出诗人有多少安静,我看出的是一挂无法遵循本身自然流向的瀑布,因难以求诸内心的现实图景,而飞流直下放浪形骸。这些诗句落叶一样,堆积成为李白诗歌的后山。九华也是他的后山。每一位诗人都有一座精神发育的后山。它是一个永恒的发电厂,夜里看来,仍汩汩地喷涌电流。九华后山之下,李白亦在不知处,唯有无数的农家乐、小吃店。虫蚁一样的小车游动,虫蚁一样的游人、行人、浪人,穿梭蓉城镇,以短促无常,去蘸取尚温凉的湖水。

想象中,生逢乱世的诗人,长身而起,一个筋斗自天河倒挂而下,忽然就挥毫蘸墨在天幕写起了狂草。抖下的墨汁成瀑,成江,水流炯炯、汤汤、突突。水流崆崆。似乎念起佳人自在高楼。似乎铜钩铁画笔力精微。这是一位诗人的后山之水,心灵之水。

当晚在芙蓉湖边的一个小饭店,与青阳籍的浙大教授江弱水偶遇。这是个文静、文弱的男人，轻言细语，神态斑驳，身材纳兰词一样简约，以研究古典诗的现代性为业。是的，在古人李白的背后，必定隐藏有一个现代的古人。李白也是江弱水他们的后山。江弱水一样的现代古人，是李白，是李白之后问道九华的刘禹锡、王安石、王阳明、汤显祖、李叔同、赵朴初，留给现世的暗记和秘密之语。这个修长的现代人酒量巨大，端起酒杯，一饮而尽。他站着，背景是一湖水，看起来"慧美双修"。这个词几年前他评胡兰成散文时用过。我读他的《诗的八堂课》，四通八达，大呼小叫，夫子绝尘。江弱水是老夫子。

三

皖南丘陵本多红土，但九华后山黄土、黑土居多，红土迹近乎无。山意葱茏，偶露峥嵘，一块巨石横卧，或一山突起如剑。这是有精气的地方。精神的地方，气质的地方，即是精神病的地方。皖南的地势多有精神病，不可与人言，与人言即是错。它就是错乱的，宣纸上涂墨，一大团一大团的墨，松墨，竹墨，然后一奇石，奇石垒成奇峰。我乡岳西有妙道山，也有三五座奇峰，然溺在无数平庸的山峰中，虽如万绿丛中一点红，到底被淹没了。迹近乎无，到底只是一点红。红不过皖南处处新奇。

64

登后山而小天下。天下很大，人很小。辗转是华严道场。寺前石级数百，石级两侧茶棵数千，低伏谦卑，露洗烟消，新鲜可掬。寺名翠峰寺，原名天柱庵，唐咸通五年（864 年）始建于天柱峰前。翠峰，也称滴翠峰，其名可知峰峦叠翠，雄踞，轩昂。但我觉得秀色可餐，滴翠可作佐料。滴翠峰是一盘天地大菜，华严论道是菜中应有之味。清光绪二十四年（1898 年），普照法师会同月霞、印魁、通晓、可安等法师，在此兴办华严道场，又称华严大学，专门讲授《大方广佛华严经》，学制三年。当年招收学僧三十二名，其中有后来成为一代佛门龙象的虚云、心坚、谛闲、智妙等高僧。金庸有华山论剑，滴翠峰有华严论道。道可道，非常道。对佛教我认识拙浅，连小道也无。现今文人也论道，多是批评家一派吉祥，集体和谐，与华严论道不可以道里计了。金庸刚刚离世，华山论剑成为绝句。东邪西毒南帝北丐中神通，在华山七天七夜狠斗，已成绝响。攀登滴翠峰，一人像个渺小的逗号，七人上行像个加长的省略号。站在巨石上的大树下拍照，俯首苍茫，个个都是孤独的感叹号。

　　庙台上立一大大的"戒"字，触目惊心。

四

秋来熏暖，中国的佛教有种中国式的檀香之美。这是后山之寺，僻静方才养出一个灵性的寺：双溪寺。竟然是双溪寺了。黄墙红瓦，红色的翘檐。俯身而上，要攀登几十级台阶。迎面是大兴和尚真身殿，仿佛一树坚果，有一份青天下突然清旷绝伦的铮亮。大兴和尚我不认识。他已经在另一个世界打坐，打柴。对于真身殿，我仿佛一个懵懵懂懂的闯入者，无所畏敬。佛要畏敬，我未成佛，所以我还是我。佛堂之下，一片空地，空地上有大香炉，青烟袅起。有一些不知名的树，这些树素不相识。树荫很好，像在宣纸上洒些淡墨，好得天地素洁一新。檀香的新。这是双溪寺的第一印象。

我觉得大兴和尚是九华后山一颗变异的种子，在一方端肃、空明的佛地，完全属于僧人中的异数。起先我没有关注，我亦不知大兴和尚何人。这世界上有一本书《大兴和尚传奇》，翻了一翻。后人称他大兴法师。一八九四年生，俗名朱毛和，安徽太湖县人。太湖我去过多次，从来不知道叫朱毛和的，后来就是著名的大兴和尚。三十一岁之前，他放牛，打铁，采药，学医，被抓到吴佩孚部队做号兵。三十一岁，在九华山百岁宫，从小沙弥干起，大约我梦寐中听到的沙沙扫帚声，来自大兴和尚。三十七岁，他到南京古林万寿寺受戒，用四年时间参学五台、峨眉、普陀。这段经历并不出奇。让人讶异的是，一九四七年，大兴居青阳城东火焰山破烂小庙，幽默入世，自得其乐。一九五八年，大兴参学双溪寺，常年为生产队放牛，亦农亦禅，其口头禅为："好人好自己，坏人坏自己。""空！空！空！"那时候，他也许栖身于杂七杂八的耙、犁、锄头、粮票、草药中间，身边或有老式的木头匣子，老牌的收音机，但并无幽寂。在佛殿里称他为大兴也可，在乡间称他为朱毛和也可，二者似无区别。一九八四年，九十一岁的大兴圆寂后，当地民众要求保留其遗体，装缸建塔并立纪念碑一座。五年后拆塔开缸，遗身未腐，颜面如生，喉结可见，如初跏趺坐。记得禅宗六祖惠能于广东倡导众生禅，一洗禅修的孤傲霜气，俯身下沉，故陈寅恪称赞："特提出直指人心、见性成佛之旨，一扫僧徒繁琐章句之学，摧陷廓清，振聋发聩，固我国佛教史上一大事也！"我想起来了，大兴本是农夫一个，农夫粗头乱服。农夫入佛，要讲究什么僧道气，研究什么章句之学？农夫不是学院派，自在随性，照样能得始终。所以若问来路，朱毛和也可，大兴也罢。若问去处，大兴也可，朱毛和也罢。只要本心，扼守本心。可这通达机理妙道的心性，少有人能弄懂。

　　大兴和尚身材瘦高，骨骼宽大，身穿常服。长得一点不像高僧，倒像邻家老头。

　　寺里住持果心法师，着一袭黄袈裟，赐我女儿一个银质平安符，内装信众祭拜大兴的香灰。在禅堂我和法师慢条斯理聊些世俗之事，淡淡如茶。走下双溪寺，回首，空山不见人。只见遍山青葱。一缕白云似乎正从青葱里起身。似乎是芙蓉湖里也传来大兴和尚清灵的木鱼声，如同白亮亮的雨，又像结束了一场水陆法事。雨过天青般阔大的静里，我的耳朵被另一种声音拉长——木鱼在响，一声比一声急促。那声音，从一个毛孔钻进去，又从另一个毛孔拱出来，这样的穿越，有一种超度的感觉。过了一阵，木鱼声顺着水势戛然而止，像某个休止符在湖面滑翔，渐行渐远，走向邈远。那根浑圆细长的木法器攥在大兴老头儿手里，攥得很紧，终于没有敲下。那一刻，时间静止，连一缕风声也没有，所有的一切进入圆寂之境，只有芙蓉湖水靛蓝，蓝得让人心惊。第二天清早，我才恍然大悟，大兴圆寂了——圆寂了，仿佛不是三十五年前。大兴在内心的寂静里走完了他的一生。我看见他坐在蒲团上，嘴角边挂着一丝笑意。这笑，显然是阅尽人间、洞穿一切后的福利，似有长河落日般的静穆与超然。恍如隔世。恍如，隔了几世。

五

离后山数十里，往东，至黄山市太平岭，有苏雪林故居。岭下苏家，据载是眉山苏辙的后代。这还是个宁静的村落。虽有刨花起飞，匠人们在修建复古建筑，仍无碍这种乡土的寂静。走在永丰乡村的巷中，有一种经典的美，那是中国式的美，黑色的墙头、屋顶、黑色的宅园、被雨水濯得清雅而洁净的巷里，不规则的石板拼成了乡村蒙太奇式的道路，让人容易沉浸于一种宁静的美中。

黑白相上的苏雪林梳着学生头，民国式学生头。也有五四味道。五四味道是老电影的味道。她新婚在这个村子，村子里这些巷弄，这些黑白建筑，仿佛是她的陪嫁。皖南就是这种旧式女子的味道，心里有奇崛，外表不动声色。苏雪林是个特例。在内在外她都是急管繁弦。当年哭着吵着到安庆求学，后来自主到法国留学。归国后在安庆、武汉、上海等多地任教，著书立说，一直到台湾，终生与胡适颇为投缘。但与鲁迅的一桩公案，却让人不喜。鲁迅生前，苏雪林对其文佩服有加，撰文专述，然逝后不过月余，即扛刀杀伐。此后半生，孜孜于以文字斗殴死者鲁迅。前后态度如天壤，其中因果恩怨不得而知，但这绝不算论道。类似阿 Q 式的背后骂娘，旧年乡间小脚婆的夜半诅咒。

苏雪林是个矛盾体，一生要冲破旧式女子的命运囚笼，却屈从于旧式包办婚姻，与丈夫张宝龄婚前从未见面。两个人冷淡一生，怨恨一生，结婚三十六年，同居不到四年。苏的爱情散文优美，却只是内心的想象图景。她的旧日婚房，上书：荆乐堂。

　　一丛低矮小门，一扇破败小窗，遍生孤寂。老墙和翘檐清冷，木头门板膨松发苦。报载苏雪林一九二五年走苏州教书，离乡七十余年后于一九九八年返乡，曾在当年的婚床上小坐，其时一百零三岁，身如枯木，或许心有微澜。

　　另一处建筑上书苏氏宗祠。飞檐翘阁，远看像只振翅的大鸟，前后两进，四堂归水。还有依河而建的海宁学舍。两层小楼，鹤立鸡群。因楼主苏文开曾任浙江海宁知府而得名。木制楼梯逼仄，楼梯道口旁，有一间面积不过五六平方的小房间，内有一张旧式书桌，想必就是苏雪林当时的读书处了。临北的窗前，但见整个村落的乌黑屋脊，疏密有致。村后青山如黛，烟云四合，风起处，竹林摇曳生姿。

　　阳光金黄。沿途可见高大生猛的徽州牌坊，散落在田畴间。稻茬枯槁，偶有雀鸟扑棱棱飞过。鸟影转瞬便是从浓到淡，从淡到无。阳光亦转瞬已成夕光。暮而归。暮色峭拔深静。岭上苏家，像泛黄的民国印刷品，挂在岭头，被无边秋风哗啦哗啦翻动。

司空禅

一

古皖大地肥沃朴厚，养山，养水，养遗迹，养丘陵，养湖汊鱼塘，养老木新枝，养野老村夫，也养气。地气，生气，骨气，人气，终归于底气。

往东，一条浩浩春江，穿安庆，黄梅声落，走池州，傩舞悦神，越铜陵，牛歌如沸，下芜湖，则剔墨纱灯如薄翼，及至南京、镇江，绚烂之云锦柔婉飘飘，矫健之花毽抛足而戏。一江的文化、遗存、梦想，混杂了人、畜、码头、巨轮、鱼族的斑斓声息，渐渐壮大，难以按捺，都聚在老沪上吴淞口，一跃，一生便有了东海万里的寄托。

若往北，地势愈高，活着的贫瘠山峰数不胜数。山峰之高，表明活着便是险峻，但山峰又是清醒的，俯视山下、脚下，心怀便藏了一份土、几粒粟。迎风一吹，那粟在苦黄的泥土中挣命扎下，在无水的岩缝中吹弹走马。泥中粟活成了山民，岩中粟修成了大佛。一颗伟大的佛心，就是这般生成：栖于冷雨、枯草、荆棘、石级和巉岩，朝饮露，暮饕霞，十曝烈日，趔趄时光，永远在膜拜和求证法印的途中。

循着疯长的野草气息，我和一千五百年前的僧人慧可（约487–593年）一样，在逼仄的山道一路上行、攀爬。正是春盛，沿途开满野性、蛮荒、粗粝的山花，也许并不美好——如果美代表匀称和饱满，它们甚至丑陋，营养不良。它们长在山上，长在那些茅草、蕨类、山毛榉、松树和叫不出名字的灌木丛中，被孤立和挤压，却依然箭一般射向天空。

慧可，俗姓姬，法名神光，洛阳武牢（今荥阳市汜水镇）人，依香山宝静禅师出家，于永穆寺受具足戒（《司空山志》）。《续高僧传》记载："菩提达摩。……初达宋境南越。末又北度至魏。随其所止诲以禅教。于时合国盛弘讲授。乍闻定法多生讥谤。有道育慧可。此二沙门。年虽在后而锐志高远。"又云慧可"遇天竺沙门菩提达摩游化嵩洛。可怀宝知道一见悦之。奉以为师"；又云，慧可拜达摩师后，"毕命承旨。从学六载精究一乘"。显见慧可师承达摩，但这里面要注意几个关键词：慧可年轻而"锐志高远""精究一乘"，辩难释疑，佛学造诣鲜有对手。由此同道"多生讥谤"。简略言之，慧可的悟性是值得嫉妒的，也确被同道嫉妒过。

《历代法宝记》则有"（慧）可大师得付嘱。以后四十年隐山洛、相二州。""师付嘱僧璨法已。入司空山隐"之句。唐朝散文家孤独及曾任舒州刺史，大历五年（770年）"登禅师遗居，周览陈迹"。孤独及在《舒州山谷寺觉寂塔隋故镜智禅师碑铭》的开篇，即说僧璨"传教于慧可大师""得道于司空山"。《安徽通志》亦载："太白书堂有巨石，二祖慧可传衣于三祖僧璨处。"康乾年间历任六部尚书的溧阳人史贻值，曾撰《目唐寿域铭》，记有："……二祖初住司空山。盖司空乃东吴第一峰……"足证慧可曾卓锡司空山，为三祖僧璨传法，司空山即是二祖道场。

对慧可在司空山的出场，起码有两种解读。

一说达摩西来，将佛教传入中国，慧可立雪断臂，诚心求法，在少林寺承继达摩衣钵后，为逃避宗派纷争，携达摩所传木棉袈裟和四卷《楞伽经》，于五五〇年领徒僧璨隐居司空山，择石窟修禅。五五二年，在司空山传衣钵于三祖僧璨，后僧璨传衣钵给四祖道信，保存了禅宗法脉。

另一说则要将时间推进到北周建德三年（574年），其时周武帝宇文邕，扬言不怕下地狱，要齐灭佛、道，"融佛焚经，驱僧破塔……宝刹伽兰皆为俗宅，沙门释种悉作白衣"（《周书·卷五·帝纪》）。灭北齐后，又在原北齐境内禁断佛、道二教，夺寺四万所为宅第，焚毁佛迹，强迫三百万僧尼还俗。在那血流漂杵、鸡飞狗跳的日子，佛界因此噤若寒蝉，慧可亦不例外，只得仓皇遁走。虽菜色满脸，衣衫褴褛，身无定所，却心有所依。什么是法相庄严，什么是善从心生，识与不识者，信与不信者，遵与不遵者，透过对苦与恶的认知，则一目了然。没有肉体和心灵的劫难，哪怕你日诵千偈，胸藏万卷，不过还是从经卷到经卷，参不到什么真谛。

但此说若按生卒年月计算，慧可从北周逃离时接近九十高龄，能否避开朝廷鹰爪，且拄杖南逃数千里，值得怀疑。若生卒年月未错，当九十高龄的慧可日日面壁趺坐，或许早已"人山两忘"。不仅忘掉了他起伏的一生，连他自己是谁也忘掉了。而身畔崔嵬的一座山，也把人世的一切烟火恶瘴，一切繁碎表相，早已丢到了脑后。

不管历史真相如何，总之为避法难，慧可一路南行，千里奔波，颠沛流离，以期远离帝都政治中心。若干时日或年份后，居然一头撞进了位于大别山区、皖西南的司空山。这里苍苍莽莽，林壑松泉，霞蔚云蒸，恍如衣钵之地，慧可一眼就爱上了它。是的，这是缘分，缘分使一切从此开始不同，他几近皲裂的肉体重新被山风缝合，点燃了储藏在松脂里的激情，还将点燃一个个晨昏。是的，高潮需要铺垫、前奏，坐破苔衣的司空山，籍籍无名的司空山，被一只瘦削之手推向世界。"啪——嗒——"，如同果实熟透、坠落，历史的回音响在二祖寺的晨钟和木鱼声里。

这孤苦的一切，慧可都挺过来了，他的心中只有一个信念：他是为佛而生的，佛法未弘，肉身何用。在乱世，以命为托，活着就是最大的传法。不活，则像冬日败草崖上枯枝，满血复活只是奢想。所以我理解在人生的分岔口，慧可的那份凄惶，那份超脱后的坚守，残酷背后的孤注一掷，无论结果。

在一个视佛教为猛兽的时代，蛰伏朝廷视界之外传法，当是必然、正确的选择。东魏天平年间（534－537年）之后，慧可抵达邺都（今河北临漳），传授禅学，从学如流，来者不舍。但随后北齐被灭，灭佛之殃扩散，慧可只好与另一个叫林法师的"同学共护经像"，于是两个人南下陈国。陈国虽为周灭北齐的同盟，但未掀起灭佛运动，偏远地区相对安全。司空山位于齐陈交界的大别山区，山高岭峻，林茂叶丰，猛兽出没，慧可和林法师躲进此处，自"稍可安心"了。

朝代更迭，就像大地上的庄稼，割了一茬，又长一茬，又像墙上的日历，撕去一页，再撕新的一页。但有些事物是永恒的，比如那一颗清凉心、体恤心、慈悲心，远比嶙峋之峰高远。

慧可是公元五世纪中国的一个异数。这个异数，在佛教经历漫漫长夜后带来一个完全不同的清晨。司空山之东，僧璨的三祖寺背靠安徽潜山县的古南岳天柱山。在湖北黄梅县，道信法师的四祖寺、弘忍法师的五祖寺，千年香火萦萦不绝。当五祖弘忍传法六祖惠能，中华禅宗便完成了地理意义上的嬗变——惠能走出安徽、湖北，度法至岭南大地，华林禅寺、光孝寺、南华寺，枝叶繁密。惠能在广东创立居士林众修，禅宗遂从一山一寺变成众生修佛——百叶托一花，一花生百叶，渐流布朝鲜、日本，并扩大到东南亚及西欧北美各国，法种绵绵，代代不息。

梦消失了，佛还在。

佛不是梦，它有踪影，有肉身——那是人世间能够想象出的最完美的身体，纯净、圣洁、生机盎然。

二

山南山北，草窠松下，慧可独行的背影，被一日日的晨晖夕露照耀和润泽，虽踽踽而庄严。近两百年后，另一个豪放派的诗人追寻而来。他以巨峰为椽笔，以昊天为宣纸，将一座山与两个人、两仞峰捆绑在一起，连同风雨如晦、鸡鸣喑哑的命运。

我想在那一天，一座座、一丛丛的山峦，仪态万方排列开去，保持着十月山地的温暖和丰满，向前来探访的那个人，以山风松涛的样式嘘寒问暖。裸石、深谷、瀑布、奇松，大鲵、白冠长尾雉、水獭、猫头鹰，朴树、白栎、樟树、枫香、金桂……或举，或立，或卧，或俯，或仰，或削，或虬，或高，或矮……表现出周围空间的风势和地心引力。亿万斯年冰欺雪压中，盘根错节着，四季常青着，远观，如深海怒涛压顶，又像是那排浪拍岸的潮汐。

那个人，是大唐明星，诗者李白。或许他站在司空山顶，目测自己的一生逐渐远去，空自消融在这中国式广袤的河山。他的梦想难得、奢侈，他的内心却血渍斑斑。天地自然，因人心不同，而铸就出不一样的山水人情。

如果将目光投至吾乡周边的宿松县，才能对李白在古皖大地的落魄之行稍稍释怀。唐至德二年（757年），李白五十七岁。因永王乱入狱，后幸被保释至武昌。九月，李白病卧宿松。宿松古称松兹侯国。在城南南台山，李白应县令间丘之邀对酌畅饮。其地修竹茂林，清溪流碧，李白作诗《赠间丘处士》《山中与幽人对酌》二首，"两人对酌山花开，一杯一杯复一杯。我醉欲眠卿且去，明朝有意抱琴来"。不久，一生执著于壮游的诗人，抱病，避难，无以解忧，难以遣怀，遂继续北行。司空山仿佛一直在等待诗人莅临，敞怀而候。李白前后在此山盘桓近半年，结庐避乱，卧云弄月，至次年三月初，又因附逆之罪被投入浔阳（九江）狱中。"枫叶荻花秋瑟瑟""别有幽愁暗恨生"，白乐天的浔阳之秋幽咽如诉，但浔阳之春，照样是煞气腾腾。中国的读书人很不幸，似乎是胎体里带来的，都有做官的冲动，已经种下了病根。而近乎单纯的理想主义，在掌权者眼里则傻得可爱。李白也曾经这样，对于这位放荡无羁而头脑里少了根弦的诗人，参与皇家争斗实则在赴汤蹈火。皇家的刀头从来噬血、嗜血。李白的一生，无论长安宫廷里和玄宗勾连，还是加入永王幕府，都是脆弱而天真，在刀口上舐血。一遇事，即手足无措，形神涣散。所以，说到底报应不爽。

世间万物没什么神秘可言，山有山的法则，水有水的源头。李白此行，和慧可当年的辗转，一样的落寞、清寂。司空这座温和敦厚的山，收容了他们的肉身，安顿了他们的灵魂。有一刻，我似乎听见毛笔在宣纸上的划拉声，还有吹动二祖禅刹竹林精舍的风声，以及大朵的杜鹃花缓慢的摇落声。于慧可和李白的动荡生涯，几乎可算普照在身最安逸、享乐的时光了。

想起隋开皇十二年（592年），十四岁的小和尚道信，要拜师僧璨，说："愿和尚慈悲，乞与解脱法门。"僧璨说："谁缚汝？"道信答："无人缚。"僧璨说："何更解脱乎？"于是道信大悟。

这似乎也像慧可和李白，一禅一诗的隔空对话。

司空山白云浩浩，铺海千里。万道山峪，雨气云腾。那些飘浮在树枝上的云，离天盈尺，如粼粼波光——那最美的柔情、勇气、缱绻的象征，抚慰着诗人。干净的天空，澄澈如海，流淌着剑侠的豪情，白鹤的飞翅，汉字的啾鸣，以及，倒映着山下摇曳的油菜花影……

但诗人终究做不到低眉顺眼，谦恭唯诺，于是诗人一直是抑扬顿挫向天诵读，一手抓一杆毛笔，似乎要对朝堂的简牍乘兴评点、眉批，或者修改。

在主峰狮子峰顶，诗人怒目远方，写下："南风昔不竞，豪圣思经纶。……虽有匡济心，终为乐祸人。……卜筑司空原，北将天柱邻。……俟乎泰阶平，然后托微身。……弄景奔日驭，攀星戏河津。一随王乔去，长年玉天宾。"（李白《避地司空原言怀》）他渴望泰平，他愿炼仙丹，他出现幻觉，驾日攀星，希望和九天的霸权者玉皇大帝搞成忘年交。

诗人凌立危崖，剑指脚下，又写道："断岩如削瓜，岚光破崖绿。天河从中来，白云涨川谷。玉案赤文字，世眼不可读。摄身凌青霄，松风拂我足。"（李白《题舒州司空山瀑布》）他的幻想症愈发厉害，溪谷青翠，松风吹拂，而他在青天飞舞。

真是天真、好奇的诗人。生命不息，浪漫不止，亦牢骚不止。

对于李白这不是第一次了。七五四年，曾献诗"云想衣裳花想容，春风拂槛露华浓"给杨贵妃的李白，慕名游黄山，又是访仙人，又是赋诗求白鹇，又是在"鸣弦泉"边上喝醉了，酒后佯狂，大吼了三声而去。

李白究竟是爬到了黄山的哪一段？

李白究竟在司空山访到了哪位古仙？

三年后，诗人走到了末途。在采石矶头捉月的一瞬，他的影子，像莲花灼灼，在忽明忽暗的江水里晃动，深一脚浅一脚，去赶赴慧可的约会。

他表情放松，目光释放出舒适宁静，焦虑消失，笑声高古。

三

一九九七年春，我第一次来到司空山。彼时，我在附近的一个小镇教书，带一批初三学生春游。七八十个少男少女，因暂时逃离了课堂，叽叽喳喳，如奋勇而不知疲惫的山雀。在山脚的无相寺下院，他们并无任何恭奉之态，仍旧嘻嘻哈哈，甚至有一个孩子握了握菩萨的手。我想慧可不会求全责备一群孩子，檀香袅袅，那破旧的大殿，反倒因了一群孩子的加入而生机、生气浓郁。如果慧可能走出泥潭，一定会摸摸孩子们的脑袋，为他们数月后的中考祈福。如果诗仙的气息未曾远离，一定会带他们沐浴灵光。诗者的天真，终要与土地、人形成最深刻的默契。土地上长树，长麦子，长大大小小的屋檐，长一溜儿的春风、冬风。生和死也是大地上的事。孩子们不懂。佛心即纯，孩子们是纯的载体。

相隔二十年后，我再次抵达司空山，正是黄昏。店前镇大街上人车熙攘，街灯白亮，高空中才有自由主义的星辰。它们从来都是自由的，却又日夜盘守着秩序，亿万斯年位置几无更改。这令我怀疑自由的定义——我们一生都是这样，渴望那高处的灵魂的自由，一生貌似都在修正、靠近，实际上很可能一生都在不断偏离。

山分东西，东为店前镇，西为冶溪镇。这两个镇子，都像一个巨型木盆硬生生嵌进千万大山中，沃野数十里，店前河、冶溪河从峡谷中流出，金光闪闪。这是岳西县的风水宝地，米粮之川。特别是冶溪镇，一眼望去，颇有一马平川的感觉，并无山地的清凉，而是十分燠热，水稻双季，古树葳蕤，这在岳西县，是相当稀罕的了。这两块地都是个胖子，厚实健硕，植物肥得流油，呈现出深厚之色。多年前几个安庆佬来看我，望着这原隰衍沃的富饶，很是有搬过来住的冲动。

其实我已无数次抵达司空山。我曾在店前高中待过六年，两千多个日夜，站在教室走廊或宿舍的阳台，向西仰首即是司空山，雄峰恣肆。往东，田畴油绿，平衍旷荡，浩大的店前河穿田而过，逶迤而下，汇入长河。店前镇、冶溪镇，还有我的老家白帽镇，古属太湖县后北乡。一九三六年，太湖、舒城、霍山、潜山四县交界处设立岳西县，因"新县区域，适居潜岳（指古南岳，即今天柱山）之西，即以岳西名之"。毋庸讳言，店前镇、司空山的根骨，来自古太湖。在安徽省太湖县之北、岳西县之西南，以及位于长江中游北岸的湖北省黄梅县，游动着无边的法喜和禅意。司空山上慧可禅修、面壁，传衣钵于后，是谓二祖道场，而在太湖县西北牛镇乡狮子山上，二祖禅堂亦曾有慧可的踪迹。犹如桐（城）枞（阳）之间，"桐城派"的源流地及几名大腕所在，今属枞阳。如今说到"桐城派"，不谙历史者会误解，新枞阳人可能纠结。其实古之大儒者、大学问者，何曾拘囿一山一水、一县一省。犹如历来大禅者，他的佛义，就是葵花、草木，就是风，就是性情，就是散落大街、村落里的一群群人——向善而生，向美而生。

在店前镇的六年，我所接待的朝圣诗人、居士、游客，不下几十拨。那一年"五一"节，七天假，安庆佬老魏和余二毛，背着作家的光圈，要到司空山叩头安神。比我还大的余二毛，看上去像个瘦弱的孩子，眼神飘然世外，似乎在看着你，却又忽视你。他其实忽视世界，经常需要棒喝，才回过神来一下。其时店前镇，热闹正街之外尚有几条老街——许多黑乎乎的老屋，黑得似乎就要燃烧。破旧旅馆外面，一条老街是一个集市，浩浩荡荡，挂满肉块，铺着辣椒、茶叶、花生、土豆、鱼干、家禽、鸡蛋、红糖，小吃摊飘荡饺子、面条、葱蒜的香臭。集市上的事物彼此矛盾，簸箕旁边是电视机，电视机里的娃娃被一个真娃娃斜瞟着。卖旧书的摊位隔壁是裁缝铺子。大家相安无事，视若无睹，熙熙攘攘，忽然喧哗，忽然安静，小学生们背着书包雀跃着，姑娘呆呆地看着街子外面的河道，河里有几个光屁股娃在裸泳，黑白剪影幢幢。余二毛们寄宿的旅馆，院子清净，恰好有个水井，凉气飕飕。老魏说，我们把桌面放在水井上搞啤酒。于是我们干脆都脱掉上衣，光着膀子喝，咕嘟嘟。雪花啤，三块钱一瓶。

次日清晨，在老街的西头，居然有一户人家不用水泥钢筋，而是用青砖木料建房，他们正在上梁。一个老头，在堂轩右墙顶上站稳，睃一眼吃瓜群众，吐出："发！"简短而清脆，"上梁"开始。鞭炮声中，两边墙顶上的艺人同时拉起手中绳索，裹着红布的大梁缓缓上升，大梁正中一方红幔徐徐展开，红幔上四个描金颜体大字"紫微高照"，遒劲耀眼。鞭炮的间隙，一名老木匠洪亮地唱诵：

上梁上梁，长发其祥。

日出东方，喜气洋洋。

吉日吉时，光照华堂。

紫微升中央，栋梁升顶上。

唱词新颖，韵调古高，亦有随性发挥，其他木匠、泥瓦匠均附和着尾音唱和。村民也不自觉地微笑、跟唱起来。老木匠边唱边抓起旁边木斗里的糖果、包子，撒向人群。一时，唱和声、抢闹声、笑语声、鞭炮声，把平庸的镇子掀出了高潮。

这真是俗世的欢喜。

这种烟尘滚滚的市井味，与一里多外沉静的司空山，构成一个斜角，彼此折射。我没觉得不妥：生活在彼处，生活更在此处。

四

朝暮之间，常见一些信徒和游客，在通往司空山二祖禅刹和上院的崎岖山道上攀行，徒步策杖，神神道道，哭哭笑笑。

遥想当年，佛教从溽热的德干高原出发，历葱岭、河西走廊，风尘仆仆终于抵达黄河流域，却正逢魏晋南北朝三百余年的战乱。来自异域的宗教，正是在这三百余年里，在中国落地生根、茁壮成长。因为它及时填补了黑暗时代里人心的恐慌与价值的真空。从唐宋元明清，朝代兴废不歇，佛光寺影却并未湮没于烟海云翳。我常想寺院对于非教徒的意义何在。为什么甫一进入寺院，看到宽额善目的诸佛时，会有那么强烈的震撼，那种感觉就好像世间之情至此已臻圆满，再无遗憾。

下院附近，景区入口处，有赵朴初的塑像和一座门楼。塑像低矮，未及人高。与庄严的下院相比，朴老塑像太朴素了，太本色了。其实这于一个居士，实在算恰到好处。朴老是当代佛教的引领

84

者之一，他的平生，算得名士，其祖上为嘉庆元年状元赵文楷。赵文楷别号"司空山樵"，曾作《司空山赋》，洋洋洒洒。朴老历六代翰墨，有家世底气撑着，但他不猖狂，毕生追求"平常心是道"。至老，则愈发像一本艺术册页，透出圆融的慧气。

那一年，是一九八六年秋。其时，禅宗三祖、四祖、五祖、六祖的精舍，已被广大信徒拓为名山名寺，唯独二祖道场仿佛鸿蒙初开，周遭荒草萋萋。从俗世价值而言，二祖慧可的弘法大愿搁浅于巉岩秋霜，"中华禅宗第一山"备受冷落，令政府和民间万分焦虑，遂进京拜望时任全国政协副主席、中国佛教协会会长的朴老，恳请为司空山题名、题诗。朴老少小离乡，投身革命、慈善和宗教事业，数十年栖居城市，乡愁拥塞，此时得泄，即兴挥毫："久萦魂梦故乡山，赤悬崖，彩云间。太白书声，流水听潺潺。欲问可公消息在？空谷石，与心安。"（《调寄江城子——题司空山》）

一九九〇年国庆，八十四岁的朴老赴司空山考察，留《绝句》三首。既有对诗仙李白的仰慕追怀，所谓的"虽不能至，心向往之"，更有对佛意的独特阐释："无相真成无相寺，观空观坏得安心。愿与空后能成住，不负当年立雪人。"朴老以佛眼阅世，其实，这些有形的东西，无相寺也罢，亭阁也罢，大多经不住时间的风吹雨打。唯有无形的东西，比如"安心"，比如慧可禅师"断臂立雪求法"的坚毅，才能长留。

朴老是懂得慧可的，质朴才是佛家的本色，尘世变幻大王旗，佛家要那么热闹干什么。慧可被达摩收为弟子后，首先取的就是师父的安心法器。慧可修炼的岩洞，外砌一石屋。其塑像满脸沧桑纹如刀刻，但眼神安详。"求法之人，不以身为身，不以命为命。"二祖塑像后，有一汪清水，不溢不涸，不徐不疾，恰如禅师的眼神。

六祖惠能归岭南后，于唐高宗仪凤元年（676年）正月初八到广州法性寺。印宗法师在寺内讲《涅槃经》，时有风吹幡动。一僧曰：风动。一僧曰：幡动。争论不休。惠能进曰：不是风动，亦非幡动，仁者心动。印宗闻之悚然若惊，知惠能得黄梅弘忍真传，遂拜为师，并为之剃度。

心动与心安，并不矛盾。心动代表一种传法者的意志。记得七四二年，唐玄宗天宝元年，扬州大明寺内，鉴真和尚决意东渡，"这是为了佛法。纵有渺漫沧海隔绝，生命何所惜。大家既然不去，那么我就去"。鉴真和尚巨大身躯所发出的声音意外低沉，却带有不可更改的决绝。在精神层面上，鉴真东渡日本和慧可南逃司空，他们温度相当，可谓殊途同归。

一九八三年，朴老在青岛写下《随缘》："难得一日晴，又遇终朝雨。晴佳雨亦佳，好景随缘取。"二〇〇〇年，其《临终偈》云："生固欣然，死亦无憾。花落还开，水流不断。我今何有，谁与安息？明月清风，不劳寻觅。"

这份坦然、无碍、心安，确如明月照大江，当可超越生死。我想，至此朴老也加入了和慧可、李白的对话，不再隔空，而是彼此凝视。在巨大的时间容器里，于巍峨的司空山，它们只是微不足道的几个黑点，但放在某个特别的时空，它们的存在又成为神迹所在。

雪　意

　　每一座山都是一个巨大的时空集市，浩浩汤汤，裸石、深谷、瀑布、奇松，大鲵、白冠长尾雉、猫头鹰，朴树、白栎、樟树、枫香、金桂……或举，或立，或卧，或俯，或仰，或削，或虬，或高，或矮……它们挂在天地之间，彼此相安无事，视若无睹，熙熙攘攘，忽然喧哗，忽然安静。

　　雪后初山。初山有初心，新生儿睁眼般的欣欣，奇妙。

　　在黄尾遇雪，在明堂山遇雪，在司空山遇雪。处处是雪，雪上有鸟爪印。我对竹峰说，雪是无字书，《雪天的书》就是中国画的留白。雪将时空集市的所有抹掉，留白。

　　雪后木屋，宜有红泥小炉一只。

　　二三粒游人，在野。

司空图

司空图不是司空图。春山空，夏山空，秋山空空，冬山空空了。空山不见人，不见慧可，不见李白。不见司空图，司空图在唐代，老头手握《二十四诗品》，胸大肌老了，就流动老庄气，玄气。一部《诗品》挂在乌桕和枫树上，如今碧桃满枝。

绿杉野屋，是李白住过的。富贵冷灰。一千三百年前，他是逃亡客，避永王乱。

更早，一千五百年前的僧人慧可，竹杖芒鞋。山路崎岖，冷雨、枯草、荆棘、石阶和巉岩。但山月圆满，晴雪窈窕，俯拾即是。他亦是逃亡客，避法难。

归地即是司空。司空山。

苍林流泉，霞蔚云蒸，恍如衣钵之地，慧可一眼就爱上了它。李白临门睃一眼，也爱上了它。

缘分使一切从此开始不同。他们几近皲裂的肉体重新被山风缝合，点燃了储藏在松脂里的激情，还将点燃一个个晨昏。高潮需要铺垫、前奏，坐破苔衣的司空山，籍籍无名的司空山，先后被两只瘦削之手推向世界。"啪——嗒——"，如同果实熟透、坠落，历史的回音响在二祖寺的晨钟和木鱼声里。

朝饮露，暮饕霞，十曝烈日，心怀谨藏一份土、几粒粟。迎风一吹，那粟在苦黄的泥土中挣命扎下，在无水的岩缝中吹弹走马。泥中粟活成山民，岩中粟修成大佛。这是慧可之慧，象外之象。

筑室松下，脱帽写诗。倒酒既尽，杖藜行歌："南风昔不竞，豪圣思经纶。刘琨与祖逖，起舞鸡鸣晨。虽有匡济心，终为乐祸人。我则异于是，潜光皖水滨。卜筑司空原，北将天柱邻。雪霁万里月，云开九江春。俟乎泰阶平，然后托微身。倾家事金鼎，年貌可长新。所愿得此道，终然保清真。弄景奔日驭，攀星戏河津。一随王乔去，长年玉天宾。"（《避地司空原言怀》）梦想奢侈，内心却血渍斑斑。司空，斯空，空自消融在这中国式的广袤河山。这是李白之伤，言外之意。

自山门而上，有山寨遗址若干。曾经的兵戎养肥野花无数。野花无辜，兀自深红。野花野趣十足，但无人知，登临意。

山景如《诗品》，雄浑、冲淡、纤秾、沉着、高古、典雅、洗练、劲健、绮丽、自然、含蓄、豪放、精神、缜密、疏野、清奇、委曲、悲慨、飘逸、旷达、流动。月出东斗，好风相从；白云初晴，幽鸟相逐；天地与立，走云连风；风云变态，花草精神；花覆茅檐，疏雨相过。一幅司空图，一个司空图。司空山下问童子，童子遥指天上云。

一朵朵云白。东一朵白，西一朵白。东倒西歪的白。李太白的白。

夕阳在山，夕阳如金黄珠丸跳动在西山。日落将至，忽然悲伤。

回看山下二祖寺，黄墙红瓦。红瓦之下，湖北张好好曾喂一条流浪小黑狗。另一条大狗似耍流氓，欲扑倒小黑狗。一逐一逃，大狗蹦蹦跳，小狗嗷嗷叫，恍若青梅竹马。

行止如幼童玩闹，叫声如婴儿初啼，溢出人间生气。

我跟着吼了几嗓。

暗藏星辰一卷

　　白鹭在田畴上飞逐，辽远而空寂。"啊啊""啊哦啊"，叫声拍打着单季水稻的叶尖。也许在每个清晨，也许像这样的无数个上午，叫声从水稻的内部出发，以同一个速度向上攀升。阳光的能见度清晰得像一串水晶珠链，横亘在霍山、舒城、岳西三个县之间。

　　一只苍鹰在起伏的山峦上散步，一棵木梓毛笔一样插在田畴边沿，一百棵，一万棵，无数棵，蘸着大地之水写出层层的梯田：野茶翠绿得令人生出绝望。

　　皖西之地，大别山麓，却有皖南春山般的奇崛。

　　青天如碗。一只倒扣的青花大瓷碗，盛满外乡的云朵、雨水、烧荒人的影、烧瓷人的脚迹，豺狼、野猪跑来跑去的灵魂，以及孤傲的雷电。雷电因不讨人喜而孤傲。在群山之间，一条发白的溪流裙带一样牵扯向远古，这是人间的画作。这是无名者留在二胡里的婉转，或许还有笛音，民间永逸的艺术。黑笛中间的那几个苍凉的孔，里面有红鲤鱼流出的月光之泪。

这是黄尾镇马元组，一头白羊停驻的水墨马元。

青天之下，一个不大的老村。

恰是天晴好，人间的灶间生烟了！一位中年主妇在低头洗菜。凛冽的山泉水从后山绵绵而来，沿着斜架的半爿长竹筒，流入池里。这泉声不是哗哗、唰唰。只是簌簌地，不紧不慢，不疾不徐，有如僧人翻经遗下的天籁。灶间则是苍发老妇，用火钳夹一团松毛往灶膛里慢腾腾地捅，捅……火势就从灶膛向外蔓延，映照得老妇的皱脸生出红晕的波浪。火势渐小，一明一暗，老妇的脸就在这半明半暗之间浮沉，仿佛几十年的岁月，仿佛群山夕照，又仿佛朝阳熙起，雨露萌生，一忽儿，仿佛一辈子似的悠长。

马元在枝上筑巢。喜鹊巢，麻雀巢，斑鸠巢，白头翁巢，白鹅和灰鸭集在树底，一只芦花鸡咯咯咯，池塘里游动麻溜苗条的野鱼，乌桕慢慢结出黑籽，还有野花野草，肥得葳蕤。遂想起《诗经》中的句子：

　　黄鸟于飞，集于灌木，其鸣喈喈。

一派淳情爽朗真羹。

或许江河的那种急促劲儿，不合马元的道法。

入目的，全是二十世纪五十到八十年代的老房子，无一栋砖混、钢构新楼。三三两两的老屋，均依山而建，散落在坡边，远看像一些横躺着的白豆。老墙厚实，估计一尺多厚，整座房屋没用一块砖、石，纯靠木板夹起黏实泥土一层层夯成。当年，夫妻父子兄弟姐妹到地里拉土坷垃，担水和泥，锄泥脱坯、打夯、垒墙、上房笆，方才建成这种厚扎、冬暖夏凉的房子。

斜对面的牛草山悬垂下一片清亮的水。

中年人生，易得悲欣交集。已不是瀑，是一汪瀑下缓流的溪，含蓄温静声气韵雅。

马元是个僻远，自成体系的微型王国，时间走得特别缓慢。走了这么久，还是半下午。碗里我存有靛蓝的星辰一卷，尚未打开，尚未给它以智慧的命名。一只獾子像大王巡山，在等待日落将这片野地慢慢覆盖。那时候，野树林里会惊飞几声鸟鸣，琴弦般的柔光穿过薄如蝉翼的暮晚。月亮升起。月亮像金红的水缸一样升起。水色漾动，一天变得尤其神秘而欢愉，乡村的暖意升起。

晴　气

晴气如大道，晴气长精神。

晴气和淑气一脉相依，是昼和夜的南窗北窗，是人家天井上漏出的晨昏明晦。不过这两月晴气过分，空气里一捏似乎都是满把尘粉。从宣城到黄山脚下的屯溪，一路响晴，黄山晴，屯溪晴，街边行道树晴，晴和晴暖晴爽晴美，美看得多了，竟是目中无美。君子爱美，对美是目不斜视的，对美女则是要用目斜视的暧昧。

徽州的呈坎古村是老美女，迟暮得偏要妖娆出旧式姿态。呈坎是迟暮之美，一幢幢徽派老建筑呈现凋零之美，它保留下来的时空隧道，更具世事盛衰之沧冷。中午的晒场上，赶晴的异乡美女缤纷，如柳绿花红，晒秋的玉米棒、红辣椒，因招徕游客不知道挂了多久，颜色渐褪。冬日的呈坎连水光荷色都瘦了枯了，似老美女的美被逼回了老境。

突然就下了雨。是一场绵绵的细雨，雨滴洒在身上如婴儿小手。好久没见雨了，我欣喜雨中下午的呈坎开始带出一丝晨色，生命初萌的晨色。在雨落下的前一刻，五脏六腑都和村前的永兴湖一样张开。天地四合，亭台轩榭古桥池塘合一，似乎我就是鱼的前生或后世。呈坎是个八卦形村落，按《易经》解呈为阳，坎为阴，体现二气统一，天人合一。在呈坎村几次路遇老年村妇，用杀鱼前的亢奋之姿盯着我，毛遂自荐做导游。她们估计我是一尾来自小地方、落单或散游的鱼，苍发黑脸，容易上钩。她们的老态和全国各地村民的老并无不同，一丝丝被旅游催熟的狡黠也无二致。呈坎果真八卦，转来转去，我还是在呈坎，还是在牛腿、房梁、猪粪、青苔、散乱的石雕木雕砖雕、陈腐的颓墙砖石、祠堂和雨水之间，神经病似的游来游去。

雨中的呈坎总体是阴森之美。忽然感到阴森是美的大杀器。青砖瓦色，高楼深宅，确实美到静如止水，但我总感觉阴森阴寂，似千里之外总有一双男人的眼睛，日夜盯视女人，无处不在。这是整个老徽州的色调，这是整个老徽商的色调。我被自己的想法吓了一跳。

村里人家的天井寂寂，正中放着一口大缸，落下的雨水叮当。雨水叮当恍如铜钱叮当。明清时代徽商盛行，商人都希望发财，这个缸里盛的是天落的财水。

徽商在外奔波，徽州的女人都守在家里听财水叮当，叮当了多少年。叮当声中青丝沉落，白发无数。

晴气和淑气是一男一女结伴，在春花秋月里漫行。

晴气和淑气是乾卦坤卦彼此照和，阳阴一体。

晴气少了，淑气或许退化成了阴气，阴森之气。

村中有贞靖罗东舒先生祠，四进四院，石雕、雀替、梁头、斗拱无一不至精绝，被誉为"江南第一祠"。董其昌手书的"彝伦攸叙"巨型匾额，四字写得雍容大度，庄重圆融，端正内敛。伦，伦理，礼制，似在褒扬罗东舒是守仁礼纲常的楷模，似在暗示老徽州女人。

黑白徽州。黑是女人眉间一点痣，砚中一滴墨。白是宣笺千里一卷无字书，亭中一朵梅花雪。

往东走，绕弯子也要往东走。走着走着，似走出了迷茫，走出了呈坎。恰好天放晴，天地晴气响亮清明。肉身阴郁，还是要晴气补一补精气神。

雪　赋

　　昨夜下了一夜雪，一夜白雪，雪花如朵。我觉得"朵"字最相宜，似星星落下来了，一朵朵星星。下雪使我产生了发甜的幻觉。我想在雪中走下去，走来走去，走来走去，走来走去，街道仿佛是河面，河水白了，每一片波纹都有月光的幽深，每一位穿羽绒服的女人，她的明亮来自巷道背面的暗黑，白得像白雪的白，黑得像水墨的黑，忧伤而安静到了不可言说。

　　昨夜梦里老家黄泥坡村下了一夜雪，一夜白雪，大如锅盖。我觉得锅盖最相宜，粗粝的冬夜仿佛民间土灶，煮雪就是煮星星，煮玉米棒，煮黑狗黄狗花狗白狗灰狗一整夜的叫声。隐没的北斗多像神的勺子啊。在雪中我不知道灵魂去往何地，走来走去，走来走去，走来走去。麦垛和稻垛被白雪覆盖，被锅盖压住，压不住了它就跑到屋顶，想继续压住青瓦和鸟鸣。

雪地里，往往是一把干草牵着一头不紧不慢的羊。

麦地里，往往是一截土路领回一场纷纷扬扬的雪。

清晨我醒来，树木醒来，万物醒来。窗外有山，有水，我对着窗子让另一个我喝闲茶，让杯子里沉淀了一个新嫩的绿国。窗外沉淀了一个古老的雪国。

一定有一个洗冬白菜的粗糙女人，在村子里弯腰提水。她屁股很大。

薄雾上岸。老朋友们，刚才我听到了祖父劈柴迟钝的回音。炊烟德而不孤，世间万物爱你如父母。

梅花语

六点多，晨曦带了丝丝红云白云和红白之间的天蓝，似乎要敲碎掉落下来，绵柔而又寂冷。左首一座静立的小山，右首一座静立的小山，黄草止不住的黄，修竹止不住的长，半冷的风一层层掀开山的肌肤，露出特别精瘦的筋脉。一座静立的小山。一座小山。小山。前前，后后，一座座，小山连绵。就是这些四围壁合的小山，将喜鹊蛋似的小镇孵起。那些山也比我高不了几尺，我像个人间的傻子站在九楼，在等牛奶一样的白云邮差送来一封古老的信，在等邮绿的永久牌自行车铃声把清晨装进一封回信。

晨起我听见了几声雀叫，也许是公雀也许是母雀，好像是从周遭平缓起伏的小山流出的天籁，神出鬼没似的。然后我看见满山的栗树，枝丫线条沧桑，如晚唐黑白笔意。树顶上或挑一些黄叶，或枝条纵横干脆。一只灰色喜鹊窝安居在枝丫间。可能不是喜鹊窝，可能是上天给鸟儿安排的一处树形楼房。

有人在楼下小花园里散步，男男女女，女女男男。一个女孩走到了一棵梅树前，梅花开了，红红的梅花开了几朵。

第一朵开的时候我没看见。或许是昨夜悄悄绽开。昨夜我洗了温泉，温泉如乳，窝在温泉里犹若大地的怀抱。是天悦湾的温泉，泉声叮咚，梅语沙沙。

我站在清晨的九楼，因为草木收敛而内心辽阔。

快哉记

一河绿意快哉，如老玉千年凝翠。泠泠水流处，藏诸般山影柳影屋影桥影人影狗影，窸窸窣窣，影影绰绰，如影随形，如心随影，随风而乱。又一河快哉风，扯岸边柳丝亦随风而乱，似好句子跳跳脱脱在快意文章里，无所依傍，偏要蜂拥而起，破墨而生，脱口而出。

好文章无章法却拙气盎然，好文章有章法却水气潸然，好文章包浆到老方正，年轻时则姿容俏皮，正如这长临河古镇，瓦肆勾栏，浮出了一角翘檐，若翘嘴白飞身鱼跃，墙头几串红衣辣椒古道热肠。

一街快哉人家。卖芝麻饼的，卖生煎的，卖麦芽糖的，卖野菜粑粑的，卖手工篮筐的，兼卖皖中百般风情，烟火生活，最是应景，十分市井，十分畅快。馆，庄，铺，房，坊，摊点，如芝麻粒嵌在两侧。米行，布庄，药店，酱园，酒馆，百货，杂陈于青砖黛瓦之下。我欲乘风上街，人生如赶集，当乘红红门联上的点睛之翼，若吃茶三碗，顿腋生羽翼，鲲化鹏飞，看街上人如弹丸，天上白云千载，世事空悠悠，人间重晚晴。

曲项伸颈，是三五只大白鹅在向天胡乱造句，臭豆腐在陶盆里神经病一样造句。臭豆腐快哉到大臭，奇臭生香，是异香里的神经病。聚贤中华老报馆在民国年间以胡适之的大白话造句，准提寺的僧徒在晨昏对木鱼诵经造句，留真照相馆的老相机在用烟雾造句，牛家海剪纸的剪子在咔嚓咔嚓造句，百年邮政在邮筒、永久牌自行车和催归的电报之间造句，行人在八百米的老街造句，"笃笃笃""笃笃笃"……句句快哉，句句云烟起落。秋风万里吹来，一切都乱了，一切都活了，院墙边晃荡数颗红柿，像省略号一晃数百年，秋风却不记长临河三国旧事。街道上高跟鞋和童子声各分平仄，自有音韵，仄仄平平在枝上头、人心头、巷尾街头，一路快哉。

阳光晴快，仿佛一锅咕嘟嘟的南瓜粥，憨实温良，妥帖到人心深处。老褐木雕门窗左右，有黄山人在门槛闲坐，如徽州墨团。无为人沿街闲闲走，如六安瓜片。长丰人迎酒旗闲闲语，如桃花粉面。其余岳西人，寿州人，蚌埠人，合肥人，肥西人，宿松人，诸多快哉汉子，横七竖八，均三缄其口，闭口不言。好景总是闭口难言。

街头儿歌奇巧，嵌入老镇地名，地名如人名，人名多吉祥，吉祥中子孙散枝发叶：

一，一，吴兴一；二，二，梅寿二；三，三，盛宗三；四，四，罗胜四；五，五，张日五；六，六，徐藏六；七，七，朱龙七；八，八，罗荣八；九，九，张永九；十，十，千张干子豆腐长乐集。

这般《东京梦华录》的天真烂漫。这般《清明上河图》的影落繁华。这般清奇的马头墙、冬瓜梁，悬垂而下。我顿脚拍手呼和，歌之舞之，满街想喊住吴兴一，朱龙七，张永九，大家伙们，千张干子，快吃豆腐长乐集。烟火人声，吃千张，吃干子，吃水嫩豆腐，人声鼎沸，亦是快哉。

对面为汤汤巢湖水，湖中银鱼白，米虾白，螃蟹红，岸边茶梅红，杏花白。白白红红，小白长红，舟楫泛中流，一湖神仙滋味。但愿做自在神仙，做了神仙也不换，不辞长做长临人，不亦快哉。

一千七百余年的繁闹埋在老镇地下。一千七百年，河水四围寂静，竹木安然，眼神清澈。

渐渐，远处夕光在野，河里一叶孤舟。孤舟夜行，野渡无人，有夜航船之魅，霜落石出，仿佛明清小品的清寂册页。暮晚，一个人，一河苍枯山水，与我舟一芥，梦里野狐禅，不亦快哉。

长临河者，昔名长宁河。有寺名长宁，予我长寿安宁。我欢喜长宁寺，松花落衣巾，僧推月下门。我亦欢喜长宁河，素月分辉，明河共影，空里流霜，飞漱其间，良多趣味。真是快哉随心也。

山色如茶

皖南青阳，其东南诸峰，林壑尤美。晨起见诸峰如飞帚扫天，山色如石台禅茶雾里青。仰观天地之大，而山何其小，人何其渺，几叶六安瓜片而已。

上午登临九华后山，山色渐沸。峰名滴翠，仿佛吾乡的高山野茶岳西翠兰，又如一盏时光浸润的碧螺春，被僧人用天空的罐罐熬着。寺名翠峰，寺里僧人仿佛不是念经，而是日夜熬茶，五次三番，把熬的茶从罐罐里倒进倒出，直至汤色滴翠。茶味则像寺前一畦畦低矮阔袍灰茶树，苍老苦厚。滴翠峰就是夏天那样葳蕤的汤色，峰顶如壶盖。我们数十人在寺门左首的走廊上吃应季黄瓜，脆嫩可口。又吃昔阳薄饼，香脆喜人。山西昔阳，住持僧的老家。我们都在一壶茶的茶盖下过老茶瘾。呷一口，苦香浓烈。阳光浓烈。一个山寺，曾是华严大道场。如今数个小僧。设想数个小僧远离前山几百寺的喧嚷，一路念经，天晴浇菜，坐庐听雨，仿如在一路清洗茶渍。滴翠峰峰上有风，翠峰寺簇新如壶，后山僻，因此高出了凡间几尺。

下午坐在古镇陵阳的老桥上，树影斑驳，人影斑驳，碑记斑驳。王祥夫老师一袭红裤精神，水运宪老师黑色短裤精悍，都是活成了精的自在风雅，心生亲切。河风自带江南茉莉花茶的温软。近处的桃树，枫杨葱茏，硕大的倒影历历在水，还有马头墙、后窗、碎花的窗帘、晾晒的被褥、铁匠铺、剃头铺招牌的影，一团团安化黑茶似的堆叠在河中。青山远来，投影水中如扇面，如蒲团，如僧人趺坐。两岸阳光明丽，桥下水声汩汩，一河碎银婆娑。一河荡荡泱泱的墨汁。一个黄山毛峰般苗条的男人，妄图踏石濯足，溯洄游之，却"噗通"一声，河水像一杯被热汤迅疾冲开的黄大茶，将男人的半身打湿。就这样。就这样悠闲着，我抬眼看过去，一村子晃动的人影，山色云影兀自变化，近前的日子就这样自足安闲。仿佛是另一种禅意，天地大茶壶，是不需显山露水的安闲。

身姿如壶，身子如茶。天色如洗，山色如洗。四季在变，晨昏婉转。我心逍遥，心里有通幽曲径，曲径通幽处，青阳山色深。渐渐天色苍茫，山色如归鸟。归了。

霜　迹

　　宣城地属皖南，皖南一贯风烟好，清奇入味。宣城则多包浆气，如石涛《秋山聊叙图》，清奇内有写碑之心。

　　立冬日，坐大巴自大别山赶赴宣城，安庆、池州、铜陵，一路山色渐渐驳杂无畏。驳杂是初冬宣城的常态，驳杂方见容态性情，本相生气。越靠近宣城，这千山忽然就乱发粗服，似乱云无心出岫，青一大块的，黄一大块的，有大红几棵，又暗红几棵，青青红红黄黄，红红黄黄青青，正处于葱茏到凋零的过渡带，倒添得几分蓬勃和跳脱。隔车窗而望：田野。水洼。河汉。水洼。田野。河汉。河汉。田野。水洼。白杨萧萧，稻茬金黄，黄碧交错交错交错，毫无章法。无章法最好，章法多了匠气太盛。我就欣然这宣城山水乱了章法，心随云走，道法自然。宣城有一种无所不在的少年凌勇之力。

路边树木经霜，微醺轻摇。一层包浆是霜迹，霜迹里人迹无多。偶有两三农夫农妇，斜影在田畴，粒小如豆。

冬阳似胖南瓜，挂在人家门楣，摘下可煨一锅喷香好粥。金灿灿的玉米，如调皮童子倒悬金钩。只有徽派老建筑，青衣灰袍，翘檐几百年，心怀激越，满腹金石之音却已如此喑哑。

从前春夏季路过宣城，景象如中国鲜活水墨，山丘丰腴，似敞怀弥勒佛，笔势下墨意难掩，绿意难掩。而宣城的水似抚琴俏佳人。街巷河塘里，树影寂寂如墨，一泓碧水却又挑起千茎青荷，依红偎翠。说到宣城的水，春夏是活水流深，望不尽的荷花，又似持桨摇船的黄衫绿衫小丫头，"欸乃"一声不知处。

在水东老街，各类旧石、旧墙、旧玩、旧器、旧家具，与青砖、青苔、青瓦、青石板构成一个特别的空间，拌杂人声沸沸。高天冬阳仍暖，斜射下来，一街的烟火可喜，幽光沉静。如一位旧气温存的书生，体恤着济济苍生。我看见街边小店，那位苍颜老太，沟壑似的皱纹里深流着落日的淡金之光。走进店里，有福字草编小圆凳售卖。以手轻抚，却犹疑此行时程太久，只好怏怏放下。福寿人家，宣城是惜福之地。

我不喜红砖，红砖里似仍有奔突的窑火在烧，窑火一直在它体内，一身躁气，不得解脱。青砖是水冷——遥遥可见那一泓静水，沉积在骨缝，耐风化耐雨蚀。其气魄神魂，铅华洗尽，宣城是青砖似的千年寿地。

　　山下无霜，老街无霜。霜迹已遁入万物之心。

宣纸记

宣城的老纸老得自带光芒、神秘。宣纸的老，似山水风月堆叠，山水风月捻成了一纸。迎风一纸展开，似乎人人都可以枕纸而眠，枕梦而眠。宣纸博物馆就是一个浓淡干湿淋漓清润的帝国，无数四尺宣六尺宣丈二宣丈六宣甚至三丈三巨宣，厅堂和墙壁上无数古宣纸和字画，将空气永远停顿在黎明前夕最微妙的沉睡时段。而字画里那铁画银钩如日光泱泱，又似要破门闩而出，破城墙而出，破梦而出，将老宣州的竹木、茶馆、灶房、砚台、柴炭、鸟喙、酒坊、小调歌谣统统搬空，一律静谧空寂得让人心慌。那些身穿皮裤、腰扎红带的手工制宣工匠如同造梦人，站在乌黑沉静的浆池边，神情庄肃，变魔术般用纸帘一页页捞纸，水花四溅，似要将往古消失的一切挽回，像挽回一种徒劳清寂的美。梦境之内，是泾川密集的崇山峻岭，不为外界所知晓的森林、乡村、河流、青檀、沙田矮稻草，譬如莽莽苍苍黄山余脉的九岭十三坑、宋村、亮堂堂的乌溪之水，水意潺潺墟里生烟，自明清之间发育出贡笺、绵料、白笺、洒金笺、五色粉笺、金花五色笺、磁青纸，虎皮宣、珊瑚宣、玉版宣、冰琅宣、云母宣、泥金宣、蝉翼宣，金榜、潞王、白鹿、画心、连四、公单、学书，这些潜藏在《泾县志》里的名字大好，大有来头，分明是天真、稚气的梦境产物，像一面面古时失传的乐器，演奏出人迹罕至的山里人家的幻境。宣纸的白，雪白，腻滑，致命的清新，好像一个又一个梦的碎片从月亮上新掉落下来……

敬亭绿雪

敬亭绿雪是一味茶。一味苦茶瘦茶，味道苦，身影清癯，是山水之苦之枯。茶叶朵朵，绿雪在沉浮的杯里，李白在往古的风中，徐徐飘落，若在宛陵湖畔所见的荻花纷飞。荻是白雪皑皑，茶是绿雪盎然。

敬亭绿雪是一座山。谢朓的山，李白的山，杜牧的山，沈括的山，文天祥的山。山鸡的山，石涛画里的山。松涛以及松下问童子的山。一群穿蓝校服研学的学生的山。有人总是迫不及待在登山。

有人山顶坐，有人在下山。

我登敬亭山，只登到一半，未见李白和影子，转身下山。

李白的山，无人会，登临意。会是会心会意回忆悔意。如今相看两不厌烦，唯有满地松针。"啪"的一声，松果坠落，空山更空了。

谢脁的山，海拔三百二十四米的山。明发新林浦，空吟谢脁诗的山。昨梦见惠连，朝吟谢公诗的山。我吟谢脁诗上语，朔风飒飒吹飞雨的山。这些都是李白在喊山。喊山。喊。山。

　　人烟寒橘柚，秋色老梧桐。行吟值渔父，坐隐对樵人。李白走后，杜牧的柴刀搁在了谢脁楼。

　　众鸟高飞尽，你们且登山。

　　孤云独去闲，不如喝茶去。

　　喝的是敬亭绿雪，看的是一大片云。白云。正午的云。峭岩上古藤缀拂，风吹过，似乎又扯下了漫天晚霞，与远处静如练的水阳江水缓缓围合，双手合十。

天上大风

　　天上无风，柳丝不动，潭边的日子都快晴和到老了。日子是桃花潭的老日子，一千余年了，亦是李白和汪伦的好日子。想他们喝小酒，饮风月，住在好日子隔壁，坐在小方桌上，举箸捉豆，醉态如憨童扑跌，酒意将乌漆墨黑的天空戳出一个亮堂的窟窿，真是别有唐朝风致。我们在潭边的老街闲走，暖阳镀人声一层古铜色，镀祠堂、竹器、瓦檐、门当户对、渐枯藤萝和三五背影一层暖色，亦是好日子。夕辉渐覆，桃花潭截了青弋江一段，衣袖清癯，我们乘舟要往对岸去，在水上无人踏歌行。今人在人前多假装羞涩，脸皮内里实厚。只有湘人内心孔武，在舟上何立伟大兄和胡竹峰勾肩搭背，风骚灿烂，一个六十多，一个三十多。我想狂喊，只有一声短促的"啊"。啊来啊去，已到对岸馆舍。馆舍小青瓦，白粉墙，马头墙，老旧的和做旧的，依然古香古色。入夜吃得几盏小酒，冬风凛冽，乘兴去赏何立伟写字作画，得赠"天上大风"一句，"来客了"茶壶一把、茶杯一盏、小托盘一个。实乃吝啬也，当有四五闲人喝茶，需添茶杯三四盏，且等风雪中叩门的闲人一个。客何在？李白没来，汪伦没来。一时间天上大风，呜呜吹，恍恍惚惚，好风生暖树，潭水深无语。

夜游记

　　板桥村不见桥。也许有诸多桥，诸般诸色诸式桥，木桥石桥孔桥，桥下河水潺潺，或是溪水簌簌，但对陌生者的突然闯入，板桥迅疾用东山之月将水声轻易掩埋。亦可说月色荡荡掩映。

　　东山之月像岫玉带一点老黄，有种白菜经霜的绵劲，有种糙陶器盛装的吊酒老味。这是宣城宁国的清凉古夜，乡间之夜。好久未享受过乡间之夜，似乎是古人专利，似乎是古时才有，竟被我有福分拾得。如此古夜难得，竟一时无语。饭毕酒后，酒气上涌按捺不住，便沿乡间小道往北慢行。一路秋虫唧唧，山野树影墨黑。掩映在寂静良夜里的脚步咕咚，似投在幕布上影影绰绰的皖南皮影戏。

　　忆得昨日从敬亭山而下，往东，水阳江之东。入夜在水东镇环水慢行。水是水库的水，我误以为是湖水。姑且湖水，误解到底也好，知错不改难得。三人行，湖中水雾氤氲，山月携清辉一盏，映照一湖。山月如山鬼，矫健如云豹、猿猴，又转瞬躲进乌云里嗤笑，三个乌快快的闲人真是无事无聊，绕着水库，穿库闸，沿山道，竟是一通乱走。

古人爱称山月为松月。一轮松月寂立板桥山顶，又如同古老汉字，甲骨文体，篆体，写意式的银光披覆于人间。路边一阵冷风，山空空荡荡。

昨晚湖里铺一层绿雪。今夜路上铺一层绿雪。雪国好大，铺天盖地。

昨晚一轮松月像一颗棋子，咣咣地落在夜的棋盘上，其音悠远苍冷。

今夜板桥人家，两三点灯火如豆，却将寒夜撑住。

乘赤豹兮从文狸，辛夷车兮结桂旗。……山中人兮芳杜若，饮石泉兮荫松柏。

这是两千年前，屈原倾慕山鬼即女山神的诗句。

暮从碧山下，山月随人归。却顾所来径，苍苍横翠微。

这是一千两百年前，李白下终南山路遇斛斯山人，携手同行，

118

宾主欢聚醉而归，归而咏。

恍如今夜，民间灯火可亲，人生可喜。

初冬登屋脊山

初冬雨后，冷湿萧索，枝叶湿重，心也冷成一团枯麻。不妨走走。走走就是随心随意，随意就到了皖西霍山县。霍山与我乡岳西一山之隔，其实是一墙之隔。一山之隔是访友，一墙之隔是走亲串邻。岳西西北部诸乡，原属霍山，类似霍山女儿嫁来岳西，又倒贴了无数山水田地的嫁妆。这个姻缘大了。这个姻缘使我在霍山有姑爷的派头，一路颐指气使，四顾坦荡，一路审查男人像看隔壁老吴的大舅子，盯视美女像看楼下老汪的儿媳妇。一笑罢了。

一路风霜冷白，一路旖旎乱想，单龙寺镇的屋脊山已在眼前。山下有乐叙楼，智者乐水仁者乐山，登乐叙楼可共叙山水之乐。水为佛子湖，一河瘦水七拐八弯，浅浅横陈在砂砾之上，河草干枯，灌木干枯，黄土黄黄，绚烂已归于平淡，有岁月催老的怅然之气。合烟亭边的猫儿刺五六棵环拥，却郁郁葱葱，葱郁到绚烂。水之乐乐而忘忧，十岁的水是少年心事，二十岁的水是击楫中流，三十岁的水波涛汹涌，四十岁的水蜿蜒回环，五十岁开始静水深流，而今是浅流，浅浅一泓、一汪、一线，似给人生的补白留白，水底露出卵石的诸色本相，万物亦露出筋脉本相。回看乐叙楼旁，绘有金龙数条，腾腾欲穿云，气象万千。复低头一笑。

山称屋脊，海拔大概二三百米。据说清晨登山可观层层云雾，雾散后可观磨子潭水、佛子湖水，九曲十八弯，天光山色云影树荫荡荡流来，流进心扉，澄澈烂漫。据说山有苍鹰岩，岩上独生一树，名为守望树。据说汉武帝巡狩至衡，驻跸屋脊山。途遇采薇少女，帝觉惊艳，心生欢喜，命女随驾。随驾也是一夜，把酒言欢，各自闷头醉了，各自醉睡。武帝归，此女芳心眷眷，虽富贵门第不敢提亲，后竟离家，携鹰至屋脊山立于崖顶，眺帝东行向，化作守望树。这种旧时帝王艳遇当不得真，当得真了就是呆瓜一只。这种痴人传说亦敷衍莫当真。世人多自认不是呆瓜，而心里却时不时冒出呆瓜一只。又笑。

未登山，未见云雾澹澹生烟，未见苍山如画。山河清瘦，万般清寂，心头浮起张岱的雪意。澡雪精神，雪牖萤窗，是想象中的大景致。

在山下农家屋檐，我果真见到了呆瓜。几个胖冬瓜躺在地上，憨态可食，其中一只足有二尺余长。雪季冬瓜炖土猪排骨极好吃，汤色混浊，瓜珠憨厚，体贴到心，不愧为痴情呆瓜也。遂会心一笑。笑一笑十年少。亦笑自己，就此别过。

淝河公园记

春绿已深，春红也深了几层。淝河公园里，树的影子参差静默，透出的绿荫洒在人脸上、人身上，清凉中有薄暖。一路行去，早晨的野气渐渐磅礴，在林深处，鸟叫得十分动荡：从一棵树蹦到另一棵树，从一根枝条蹦到另一根枝条，似乎她们天然拥有湿亮的嘴唇，琴弦般的腰肢，随便就甩出蜜色流光的音乐。已忘了什么树，高大清瘦，细枝长条，隐含一种南方岁月的清啭之美。鸟叫声盘旋，波伏回环，风情张扬。草木的生气包抄过来，萌动中绿光烁烁，青葱闪闪。我静下来，仿佛身体里簌簌作响，积尘抖落，解脱了一些凡俗琐事，心中养了一座园子，一座野肥垂滴的绿国。

我观察过小坡上的四籽野豌豆，绵绵密密，卷须忐忑轻摇，采采卷耳的稚嫩样子。尚未结籽，花色清癯的紫白，旗瓣长圆，翼瓣椭圆，娇弱小小得似要涌出雌性的腥甜。识花君云，四籽野豌豆可治疗疮、痈疽、发背、痔疮、头晕耳鸣，兼明目。明人鲍山《野菜博录》记载，苏地称其为鸟喙豆，又名丝翘翘，极为象形雀跃。其幼苗入馔，滋味清逸。经汆烫，清水浸泡，炒食、凉拌、做汤均好。白瓷盘上清白盎然，有沧海桑田、破而后立的一份生鲜。最喜欢雕版的《野菜博录》，白描插图，洁净素雅，扑面一派野蔬气，洗人肝肠。

园里的大岛樱散布各处，高耸亭亭。我来时，瓣色已是红白交杂，瘦白萎红，流露一种绚烂后的疲惫和宁静。樱花期短，盛开时如川端康成笔下《伊豆的舞女》，一片纯白，羞涩、天真、清纯、童心未泯，慢慢，胭脂红，慢慢，哀愁淡淡白白。想起佛家的苦禅，大岛樱也是修行，花开是花的风流，花谢是花的必然，短短暂暂，用情至深，待到结籽，籽也是青秀，小小团团，青秀到几乎无籽。

关于樱花，日人小林一茶有俳句，其味绵长。小林一茶一生冷暖深痛，语意多慈悲：

黄昏的樱花，
今天也已经变作往昔了。

今天在明天是往昔，明天在后天是往昔，昨天在今天是往昔。

124

不看往昔，只看今日。人总要往前看，看到一团锦绣，看到云淡风轻，大抵的况味如此。

园中灌木矮矮，扇骨木的身姿像一大蓬绿雪，叶丛浓密。再过三两个月，至六七月间，当是白花簇簇如雪团，如白浪翻涌。高大挺拔的青钱柳，与阳光接壤，叶多，色绿，清香散逸。海棠花开得艳，粉红、纯白的重瓣堆如锦绣，若与玉兰、牡丹、桂花相邻，满心的玉堂富贵。苏轼怜惜海棠：东风袅袅泛崇光，香雾空蒙月转廊。只恐夜深花睡去，故烧高烛照红妆。大胡子苏轼从来豪放如喷泉，他梦中的加油站却有着涟漪的美，俨然小家碧玉，柴门悄立，绰约有姿。这种美，往往夹杂着一点挑逗的危险，更触动人的侵略性。张爱玲憾恨海棠无香，无香却有了不染尘的入髓，层层叠叠。其果质朴，小而酸酸，酸而甜甜，甜则在啖口的余味里绵长。想到凡事不可满，不可溢，不可全，不可尽，令人一时通脱。

也喜欢红花檵木，奇异地结合着绸带一样的红色光晕，风致劲浓，红紫跳脱，恍如急促的心跳。也喜欢翠柏、六道木、雄黄兰、小叶椴、红叶卫矛，赤橙黄绿，喷薄出强悍的少年之气。少年之气，多得了兵家纵横气，万类萌生的酒意，意气相契。人到中年，愿少年气多些，正大晴朗。

有事没事时，都要到荷塘边坐坐。是残荷，枯枝交错，弯弯折折，荷影和蓝天倒影交互，残叶莲蓬卷缩，难辨形体，似无意泼散的黑块与黑线，虚虚实实。曲线直线纷繁穿插，水上水下难分。微风轻摇，残荷如水袖，带出舞蹈的节奏，尤为别致。几位老人坐在斜坡上看荷塘，洒下一片混沌的安静，也可以入画。

八大山人画荷，铜驼之悲、愤世之慨，连墨鸟亦啼不住。吴冠中画荷，几茎墨立，风神入骨，溢于楮墨。任伯年画荷，清新温雅，游禽嬉乐，是杨柳青的喜悦。

园子上方，有两条高铁线，每隔十来分钟，呼呼的声音一阵流淌……东来西往的高铁，乳白长龙，呼啸而过。

树下，花下，凉亭中，红男绿女渐渐缤纷，扶老携幼，交头并立，自有快活。

从我家新居到园里，二三十米。从园里到我家新居，三二十米。闲闲散散，闲散走数十步，便是我的园子。

日色赤金，一切安吉。

这一天是三月二十四日，新居入住。花开富贵，吉屋见喜。

龙眠山记

　　去桐城一游，不游文庙遗憾，不游六尺巷遗憾。游了也可能遗憾，多不是古书中的行迹。几年前我游过，印象已模糊，略记得绿树红墙，花卉禽鸟塀头饰，鳌鱼脊饰，飞檐，大致天下的文庙，要配几个著名的读书人，本地的先贤最好。要配孔子等一圣四贤十二哲，熠熠生辉。在桐城，六尺巷的故事盈目逼耳，让它三尺又何妨。又何妨。又何妨呢。又何妨啊。退让谦让礼让避让辞让揖让忍让，忍为上，让为上。

　　桐城的文气是璨璨大文，桐城的文气还是一派平和之气。

　　清晨的龙眠河清清澹澹，轻轻浅浅，河滩上荇草青碧，载人过河的踏石，一排排，一颗颗，各色农妇蹲在上面浣衣，腰臀有隐世村落的偏僻之美，婉约起伏。雾起了，龙眠河似下了蒙蒙细雨，陡增了些许草木的清甜，大巴车就如裹在缠绵湿梦中行驶。雾散了，入山弯弯拐拐，峭陡生姿。入山的北人南人，旧友新朋，都是文坛狐精。沿途布满不知名的山精气息，崖石间的树精虬枝劲节，一片倾斜欲坠的审美。山谷光阴泼洒的浩荡春气，葳蕤随行。一时欢喜，呆立无言。

也许是昨夜下过雨，山中万类滞湿，远处的境主庙水库云纱渺飞。弯拐角落里的人家，一片黑白静默，门前海棠欲喷射怒红之气。树影花影人影趴卧在山际，绿重青肥，米浅黄腴。往昔金黄的油菜花瘦青浓，使繁华中带些荒芜的况味，正如此山，正如此境，正如此世中的古人。

龙眠山是逶迤大别山的余脉，皖西南名茶桐城小花的核心产地。山腰茶树无数，棵棵绿意蓬勃飞溅，几位茶姑的竹篮内，晃射的芽叶似翠银鱼影在虚空里神游：圆润之绿的鲤鱼，通透的神眼雀跃飞电，狭绿的银鱼飞跳，以及碧眼俏亮的虾在弓身弹跳——双宰相张英、张廷玉的龙眠山，起伏徐缓，婀娜多姿，藏方于内——犹如父子二人的书法。藏方于内，似乎也是二张安度大清岁月的秘方。

我喝过桐城小花，色翠汤清，鲜醇回甘。与我乡山茶岳西翠兰同气连枝，但野气欠了些清癯，多了些丘陵之地的丰饶。

站在花树下，不免更多想起李公麟。李公麟五十二岁辞官归老，久居龙眠山，自绘《山庄图》，其间岩谔隐见，泉源相属，下笔细润，我却看出了宿醉后老翁杖藜的慵美。山水一缸，得饮一壶，举杯吟风颂月，该有酒意鹊起：

> 诸山何处是龙眠，旧日龙眠今不眠。
>
> 闻道已随云物去，不应只雨一方田。

——黄庭坚

心中有境，方得自在，心手相应，放养精神。这是山水的佳处，来处，去处。

龙眠山对面的境主庙水库，颇值得一记。

湖水（而不是库水！）暗含一种浓郁的凛冽。群山之上，之下，浩浩天宇一泼，晴绿一泼，壑谷之靛蓝巨碗因此而剧烈晃荡，但已不可见地质构造时的大变。或有无数孕育于群山之腹的溪水，自东南西北汇聚、包抄、叛逆，泻涌出不同走向、草木暴动般的湍急支流，旋即像被雨瀑巨力平叛，平静纳入一湖。

停车小憩，俯视波光粼粼，也许是波光粼粼，视线因较远而产生异质的想象：湖水又如宿墨堆砌经年，似被散放的牛羊闹醒——暮色来得迟缓无比，夕阳踟蹰山坳间良久，终于决绝坠入深寂。在山间，总是如此生动婆娑，湖光里行走着草木之人草木之兽草木之影草木之心。

下山时，回望了一眼张氏父子幽静的园林墓葬：

富贵贫贱总难称意知足即为称意

山水花竹无恒主人得雨便是主人

确乎已归山水，到底意味深长。

好　天

今日放晴，冬阳如春阳，淑气大好。拿拿《散文》，有我的短篇什，拿拿《西部》，有我的短篇什，拿拿《漆蓝书简》，是黑陶母性与父性的江南之书。只在散漫间随手拿起一本，又拿起一本，翻翻而已。

天气大好，翻翻而已。无所事事，心猿意马，翻翻岁月而已。

岁至深冬，阴雨袭来十余天，还几乎未见雪。老天憋着，偏不下雪。

家养小狗，在啃肉骨头，窸窸窣窣。逗之，其以为夺食，白毛竖立，与我相斗。以细竹竿敲之，其声汪汪愤怒。一时大笑。

天气甚好，日素，温润。无所事事，甚好。

多叫了三五声

　　香椿两棵。棕树三棵。四季青两棵。石榴一棵，大红（籽）朵朵。数错了，香椿是三棵。另有枇杷一棵，五月结子初黄。初黄是好颜色。亦喜欢结子二字，情爱贯底，枇杷子在天地间也是芥子。芥子须弥，因为心情骀荡，芥子成了须弥，枇杷子在密叶间砰地爆出，一院晴和。

　　忽然来了一只鸟。鸟不知名，多叫了三五声。"唧呦""唧呦""唧呦""唧——呦——"。

　　单位院落内很小，有枇杷子已足，何须石榴、香椿、棕树、四季青。或许需要石榴。石榴花好，好到天地艳阔，令人心境朗然。香椿我素来不爱吃，爱物不一定爱吃，据说初芽的香椿余烫后，青碧不改，香气浓郁，是为春天第一鲜，最得食客心爱。

　　说说枇杷。民谣曰：

枇杷枇杷，隔年开花，因儿要吃，明年蚕罢。

方寸间，乡野之气兜头一扑。

又有《盘解歌》，云：

随在一，唱在一，唱在腊，解在腊，什么开花在水里？枇杷开花齐刷刷。

儿歌多无意义，但记得枇杷开花有白有黄，其上偎以绣眼鸟，裁画下来可做玲珑扇面，素朴而忘魂。

亦可以老杜的《田舍》做注：杨柳枝枝弱，枇杷对对香。鸬鹚西日照，晒翅满鱼梁。

老杜生性嶙峋，五蕴多刺，笔下的枇杷却有荒僻幽静之味。原来老杜之味，也有田舍的荒僻味。

荒僻是我的院子，很小。除了枇杷、石榴，多栽了三五棵，想来亦无妨。

多叫了三五声，是鸟儿额外的馈赠。欣欣然，叫声和夏气都让人痴。

登高记

冬阳晴响，暖照四野，衙前河长流向东。山头松树高长挺拔，松针一如旧时，青碧有神。无风，阳光便直直打在了万物身上，焦枯的芭茅草仿佛活泼泼过来。山高日丽，正堪登高。

三人登高，我，刘贵，余季发。女儿仍在家懒睡，年轻人好瞌睡，贪睡也别有风味。

三人步步登高。

坡下水厂晴绿盎然，花坛里蔷薇的红浆果，声色喷喷妖娆。

山腰有老汉，卧地盘坐，用剪刀清除枯黄的菜叶，神情专注，剩下一畦畦鲜绿的小青菜，惹人心动。昨夜大冷，萝卜菜不禁风寒，七零八落，伴在小青菜的鲜绿之间，如蓬头妇人。

远望天堂湖不可见，隐于绵绵群山之间。沿河绸带似的公路上，小如豆粒的车在撒欢，小如蚂蚁的人在撒欢。河中游鱼亦不可见，卵石亦不可见。但自有游鱼在游，卵石历历。一条河收藏的日月星辰，何曾得见万一。

拾级而上，步步登高，步步神气在焉，步步元气洋溢。

古人登高必赋必诗，举手可近月，前行若无山。古人登高是篇大文章，我今登高是看小我。古人看我，小小一个，高山看我，小小小一个。我看山下人，小小一个。

看来看去，笑来笑去，喜气在焉。

是为二〇二一年元旦，雝雝鸣雁，旭日始旦。披一身阳光，有小吉祥。心无贪嗔，小吉祥足矣。

高腔记

青阳腔是高腔，岳西高腔是高腔。

皖南青阳有日子之美，《尔雅·释天》说，春为青阳。青阳，气清而温阳。好日子里，不妨看看青山之阳。坏日子里，也想一想青山之阳。阳气阗溢，日暖风和。

高腔有高古之美，像是古皖山水的门面。山到深处，水到穷处，总有黑檐黄砖、泥瓦人家。泥和瓦，就像菩萨和信士。心中的笑弥勒闹闹腾腾，横七竖八，就按捺不住：

乐陶陶，意畅快；

喜滋滋，心开怀。

笑盈盈，百福骈臻；

闹喈喈，天官赐福来。

在喜曲《大赐福》里，我听到了民间的美意和恳切。

青阳的六月，薄热。一路赶往陵阳镇，在谢家村，在桃花井，在一排排徽派的黑白砖瓦中，山色青郁，桥下的流水斑斑驳驳，映照出的人影和屋影斑斑驳驳：

　　近傍碧溪潭光照临风玉树，远怀乌衣巷派分当日金陵。

对联的意味有点像青阳腔，残阳夕照里，那一抹风流既灿烂又苍凉。

岳西高腔也是，既像犟直的北方话，梗着脖子般的声调高锐，腔滚结合，而伴奏的云锣、铙钹、牙板，紧跟着跳跃翻飞，一唱众和，古朴喧闹。

青阳腔和岳西高腔，原称高腔，曾有人称弋腔（弋阳腔）。或者说，赣鄱的弋腔是爷爷辈的，明代早中期风靡全国，后开枝散叶，逐水上岸，走到青阳，结合山歌、佛教、民俗，有了青阳腔，也有了南曲的委婉吴侬。青阳腔传到大别山，走进皖西南，成为岳西高腔，在山民的心间缠绵数百年。

旧时青阳、岳西，凡有宗祠处必有戏台。戏台里潜藏各色人事人心。

台上台下，一唱百和，盈天的喜气似乎能荡平一年辛劳的心茧。

喜鹊闹梅般那抹大红者，是面慈心善的"喜曲"，凡赐福、庆寿、送子、进宝、灯会、家教、贺屋、贺婚、饮宴，演员或坐唱，或走唱，或彩唱。

每每宗祠落成、族谱出谱，万年台雕梁画栋，首演采台，唱谱戏。

关帝会唱《坐场》《降曹》《过府》等夫子戏。

娘娘会、刘大仙庙会上，信众酬神还愿，唱《大度》《小度》《思春》《思婚》等香火戏。

贺新屋唱《观门楼》《鲁班修造》。

新店开张唱《财神进宝》《贺店》。

老人做寿唱《八仙庆寿》《彭祖讨寿》。

学子赴考、高中唱《点元》《报喜》。

官员升迁唱《封赠》《大金榜》。

正月灯会中，则唱《天官赐福》《财神下界》《数八仙》《戏采茶》《庆贺上元》，或《蟠桃会》《盘丝洞》等单出高腔戏，载歌载舞，戏舞结合。

高腔戏的旧时姿态，有围鼓坐唱。三五人，书生，或老艺人，刚刚灶门前火宕里煨过米酒，几杯下肚，清寒已去，胡琴上来，锣钹响起，在堂屋一撩衣袖，张口便来，清唱中多有傲骨。

花团锦簇，花团中裹了无数的祈愿，散落于大山的窠臼角落。

而那民间曲艺、歌舞、山歌小调，便是古皖山水的后花园。后花园，和人比邻，慈爱温暖。若干年后，果真也儿孙绕膝。

青阳腔曾类似草台戏，风格粗犷，有一种快乐的狠劲。在青阳腔博物馆的小剧场，演了一出《美周郎·顾曲》，洞房花烛，周瑜和小乔，唇枪舌剑，各打机锋，热热闹闹，一片江湖气。

汤显祖在《宜黄县戏神清源师庙记》中指出："江以西弋阳，其节以鼓，其调喧。至嘉靖而弋阳之调绝，变为乐平，为徽、青阳。"青阳腔继承了弋阳腔锣鼓伴奏和帮腔的特点，在唱法上却沿着平、低调发展，声腔趋向于婉转，和颜悦色。

一壶浊酒喜相逢。相逢的，浙江有新昌高腔，湖南有辰河高腔，四川有川剧高腔，云南有滇剧高腔，湖北有沔阳高腔，陕西有西安高腔。

青阳陵阳镇所村的太平山房，坐北朝南，青黛覆瓦，高墙灰暗。系明永乐年间陈馨捐资建造，为陈氏公堂。清乾隆三十六年（1771 年），改作学馆。正门顶有鲤鱼跳龙门浮雕，下嵌楷书勒刻"积善流芳"石匾，匾下砖雕双龙戏珠。两侧镌刻凤落宝地和麟吐玉书，花砖镶边，壁画映带，栩栩人物，气势恢宏。

六百余年悠悠而过。我去时正是黄昏，夕阳像一坛琥珀色的黄酒，渐渐注入太平山房。旁边的栗树上，扑棱棱飞起一只不知名的鸟儿，瞬逝的波纹如高腔旧梦。

旧梦里，青阳人唱着青阳腔，岳西人唱着岳西高腔。又像乡村生活的日常，哼几句，日子便苦苦乐乐走了。苦苦乐乐就是高腔的日常，在灵魂中透出几缕亲切的光亮。

榆树记

深秋天气，响晴易生懒，遂和妻女往榆树一游，锤炼身子骨。

榆树村四面环山，山水一绿，绿到恬然，绿中有黄有红有紫有褐，杂如彩毯，又野性勃勃。山中云如鹤，凌凌欲飞，巨石松木野栗，被风吹得自在悠悠。河边良野平畴，葡萄藤架、风车、卵石、荒芜草茎，昔日花海一派苍凉流逝颜色，偶有格桑花零星点缀，被暖阳映照，腾起烟色拌柳色，却有几分春色味道了。

沿河堤慢行，偶遇妻子的二年级小学生，叽喳吵嚷，追逐不止。小人一身黑，小狗一身白，一人一狗钻入花丛草丛中撒野，步态超然。小狗欲跃渠沟，却被草根绊倒，洗了个秋澡，旋即翻身而起，兀自湿哒哒在原野昂然跑步，其清高孤冷之姿，似不屑万物。

大别山中山水殊好。山中春色夏色冬色均好，秋色是水落石出，长天一色，一切如产后的平静，万物欲酣睡。秋色正是酣睡前的那份慵懒风致，过渡于收获与颓然之间，疏朗明净。落于群山之腹的一片起伏、丰满的丘陵，赠人间一个蔼然的摇篮。

北山上，茶坡绿意沉静。远望一亭如翼，又如美人回眸，神光定格在湛蓝空中，与白云相齐，诞下旺盛的美和神秘……

牛草山记

山风拂我足，疑掀仙人衣。

晨风清郁，已近四月春意仍寒。山间小物候至少迟一个月，枝丫青峻，不一而足的麻灰、凉褐、伤绿、苦橙、橘红，唯鸟声盈盈扑耳，起伏荡曳，稍给人安顿。山顶数百平方的坪地，蹲身的低矮山楂枝密横斜，有黄公望笔下苍峰意味，枝头挑了星星点点的嫩意。松杉、毛栗、杜鹃，伴清瘦杂花，盘盘交错，一些檀木苞蕊清寒，诸多杂树叶色红中带褐，深褐浅红，去年的余温犹存。

去年的岭上多白云，今年的岭上依然白云如海，缠在山腰，排兵布阵，不肯撤退。白云之上，红日跃起，浮光耀金。云山依偎，一茬茬黛碧，一团团粉白，活色生香欲飞，也是活色生金。

山意高处，自带阗然乐器，精气阗溢。一滴露珠落下来，神奇的音色和音效仿如白露横琴。枝头的小琴箱暂时未打开，琴声被花

143

苞发酵已久，似乎是，明日陡然会大珠小珠落玉盘，倾泻绽放。

四处未见牛，有一群羊，八九只的样子，自在吃草撒欢，低头懒与人言。

一些骑摩托车的山里汉子，下岭爬坡，风驰电掣。容颜像被熊熊灶火暖过，黑中发亮。山路上牛粪羊粪粒粒坨坨，温热野野，草香隐约，引诱人想赤足踩几脚。

据说牛草山日出极美，美到许多外地人凌晨三四点上山，只为在云海霞光里洗个大澡。初阳曙起，如真如幻，登临山巅一大笑，野花也不管。朝日暖照山河万朵，一日有一日的进境。返神自照，心有朝阳，都是好花好天好人生。

清晨六点多，从夜居的民宿云上阁上路散步，遇见了好几部外省外市牌照的小车，从山顶下来。

山名牛草，极厚朴敦憨，极农人本性。牛要吃草，如人要吃饭，如饭是医人药。此山苍古，活了几万年。几万年下来，依旧牛吃草，活得坦然开阔。

古井园记

五月的山里山连山，山山连绵。这是大别山的初夏，初夏的山似乎能拧出汁水来，湿漉漉的大片大片绿，像玛瑙像青玉像苦瓜，层次感丰富，润滑感极强。一层层的绿在眼帘中如涟漪轻荡，好像鸟音回环，似乎抓得住的，倏忽又抓不住，流向远处，将一座座山峰山坡裁剪，入得新鲜的油画。

绿里有情意，情里有缠绵，夏山就是如此莫名其妙，人心里却一下子通透起来。

我要去的是古井园，一个国家级自然保护区，莽莽苍苍十余万亩。

许多年来，古井园叫枯井园。山中有无泉水泠泠的老井，不可考。老井历世事千古兴废，是否泉干井枯，亦不可考。"枯井"二字冷硬，比不得枯荷，枝横疏影的枯荷映入水中，却有水墨淋漓的奇崛。枯竹也好，一片苍茫气。苦竹更好，如菩萨枯坐。改名古井园也没什么微言大义，虽然中庸了，却并不带古气。

但古井园的好恰在于古。不见古寺，不见古道，砍樵古人或许在山上，是一幅时间的画。绿是鲜的，泉溪是鲜的，云雾是鲜的，迟开的山花是鲜的，行人沾了一身云彩。在山路上走，瞬间陷入了峰峦、山石、树木的包围，行迹依稀如禽兽，如飞鸟，这是回到了蒙昧时代。大自然初始的迷宫未被篡改，按照既定和原始的法则运行，那些五针松、金钱松、香榧、银缕梅，各在其位，互不干扰。时间慢得几乎不再流逝，似乎就仅仅是时间而已。

入夜，临河而居，水声悠悠荡荡，一时有点饿意，正好读南宋林洪《山家清供》，录有"傍林鲜"一菜：

> 夏初林笋盛时，扫叶就竹边煨熟，其味甚鲜，名曰傍林鲜。……大凡笋贵甘鲜，不当与肉为友。今俗庖多杂以肉，不才有小人，便坏君子？

扫叶煨笋，果然甘鲜。古井园里几乎不见竹，倒是园边人家竹林青翠，春笋已亭亭长成。春笋之味略涩，冬笋鲜中微甜。一冬大雪后，尖尖小笋埋在土里，数量极少，挖寻不易，需得行家里手拿锄脑细叩，听出空空微茫之音，大致便有冬笋了。

146

我乡有道时鲜小菜腊肉炒冬笋，也有厨子做腊肉冬笋干锅，均味极鲜美。

炒笋用猪油为好。炒笋用猪肉能脱去笋的青气、涩气。宋人有诗《山蔬》：

山蔬有真味，肉食者不知。

老我于空林，自爱园中葵。

肉食者鄙，肉食者糜，这是偏见，偏见就是偏僻之见，视野未及食肉之美。又看到元代倪瓒《云林堂饮食制度集》写"川猪头"：

用猪头不劈开者，以草柴火薰去延，刮洗极净。用白汤煮。凡换汤，煮五次。不入盐。取出后，冷，切作柳叶片。入长段葱丝、韭、笋丝或茭白丝，用花椒、杏仁、芝麻、盐拌匀，酒少许洒之。荡锣内蒸。手饼卷食。

草柴火，葱丝，韭，笋丝，绿中生白，生空明。猪头肉，以手捉食，大有"上马击狂胡"的疏狂，山大王的爽朗。极喜。

倪瓒的画好，好在目中无人。远山泼墨，林岸泊烟。水滨萧瑟，苍苍一庐，一亭空空，不见人影，一片冷逸。几乎幅幅如此，辨识度极高，仿佛能透过画卷，看到画家的洁癖——深度洁净。古井园的秋色也大抵如此。但又有秋叶燃红，给山里之秋染色。

清晨被鸟声吵醒，沿着鸟鸣的痕迹慢行，但见两山夹一河，河似从昨夜的梦境中突兀涌出，一坨坨卵石，一块块山石，一棵棵山树，横七竖八。一潭幽碧，山风粒粒，百鸟乱啼，如水流汩汩，越潜山、舒城，悠悠流入巢湖，流入菜子湖。

归去时，漫山野雾，几不见路。侧目而视，崖壁上几朵野花，从云雾中探出笑脸。

溪　声

在西淠河的源头，我倾听到群山的苍郁嗡鸣。

暮春初夏，莽莽大别山内部，绿意沿五二九国道七拐八弯地喷射。燕子河，杨家河，老湾，蔡畈，后湾，老湾塘，野岭，以及抱儿山茶原产地，诸多蓝底白字的地名招牌在车窗外热烘烘急泻。红黄绿翠白紫，紫白翠绿黄红，一路堆积，彼此交错，仿佛人间的兴衰更替。河柳，枫杨，银杏，水杉，马尾松，各类知名和不知名的青褐灌木，枝叶掩映纠缠，像层层起伏、古老绵延的水绸，波浪般涌来，迸发出万物奇异的勃勃之力。白墙红瓦（或者黑瓦）的农家院落，墙角偶露的亮红桃李缀在枝头，风吹过，摇晃出一种行将坠落的危险之美。绵绵密密的白亮溪流如针脚扎在群山之中，显得如此荒芜和繁华，或许它将见证此行的际遇。

群山环拥之下，潜藏着一个叫姜河的小村落。路旁两三家拙朴的农家乐，入口处三五个旅人而已。停车场尚在施工，黄土、烟尘、五月的炽阳和轰鸣的机声，顽强地将我拽回现实。我注意到歪靠在小店门口的，有一位身穿蓝布对襟褂，腰背佝偻的苍发老太，脸上镌刻了一抹屋檐投下的静凉阴影，无声无语，无悲无喜，和群山一起集体保持着深寂。一切与想象中的大为迥异，似乎在提示十里溪的原始、孤寂、自由，尚少现代性的污染。

沿河而上，铺设不久的狭窄卵石小径，夹道的灌木林晃幻着深郁。视线里全是望不到顶的幽蓝幕布。山。山。山。树。树。树。树。无边群山中诞生的树木之神，拥有庞阔而寂寥的绿叶家族。树木生长，我几乎可以看见它内部的速度，在靠阳的一面迅疾，在靠阴的一面缓慢。阳面绿光摇曳，炫示、夸张、甜蜜、奔放，树木皆层次丰富，像静蠹而浓艳的彩色壁画——无声奔突的壁画又是活的，里面有微漾的火影在尽情溶解，不由分说地，汇入泠泠山溪和人的呼吸……背阴之处让人体会暗黑滋味——似乎不是那么浓烈的探险，但那阴郁的沧桑仍在人世出没……满山乱石横陈，全被山林掩映，遮不住的高峰巨石，如时间的大手耸立在森森林木间，其雄伟之姿和藤柯灌木的阴柔之态互相映衬——时间是动静交杂的绚烂，如泉水幽鸣，苍老和新艳奇妙地共生一处，然，从泥土深处汲取力量的堆云花朵业已凋谢……

一些岩石山壁，渗透了不绝如缕、经年的泉水和泉声，生出的苔藓卑微纤小，几乎无人注意。苔藓密密麻麻，披拂如石头的衣衫，毛茸茸的，在树影婆娑的底层，沉静，淡然。你根本历数不出它们的年龄，一年年它们聆听流瀑的诵经之声。

山顶飞瀑如百年积雪忽泻，至潭面又顿然凝固。仿佛探下身子的一条磅礴雪龙，瞬间，又被施受了定身之术。

整个十里溪，如此踊跃的飞瀑难以计数，金蟾瀑、石板溪、玉龙登天瀑、青蛇瀑、蝙蝠瀑、龙井潭，激水洄流，似乎是书艺的辩证法移栽此地——从王羲之到张旭，从柳公权到米芾，其书风变化均能在瀑布中予以印证：疏密、俯仰、迎让、向背、呼应、参差、疾徐、轻重、欹正……山势用极度简洁又抽象的线条，组合、传达一种深刻和有趣——恣肆烂漫、欹侧生姿。臻于自然乃技法消散。写文章至妙乃技法消散。技法至高乃无法，随心随性随意，遂山水一合，天人一合，天地一合，思行一合。师从山水自然，或许能抵达世界言和的境地。

蹲下身子，又是一大匹落差近百米的白瀑迎候我们，阳光褐红澎湃如金汁璀璨敷于深潭，泛起层层古老而生动的波光。捧舀潭中瀑水，清凉，甘甜。

无边无际的蓝天底下，是荒寂的只剩浓绿堆叠、黛铁般发黑的雄伟之山。蓝。黑。如此简单。这时候，一朵白云，一朵孤零零的、浓郁的白云，慢慢地，从黑绿群山背后翻越了上来。蓝天之下，黑绿群山之上，这朵白云，沉思着踱步。

自然壮且美，但是相对人的生存而言，自然又是如此酷与烈。

晓月千重树，春烟十里溪。

过来还过去，此路不知迷。

——唐·孟迟《徐波渡》

南北过渡地貌的中国群山，发育出阔美十里溪的清潺溪流，一路奔流至河口集，左纳莲花河，形成西淠河，进入响洪甸水库库区，后与东淠河汇合，在正阳关注入淮河。东西淠河之汤汤大水，使淮河亦蓬勃绵长。淮河分界中国南北，淮河以北，亦是皖地之北。《徐波渡》是中国南方迷离摇荡、山水清嘉的写照。夕光粼粼中，我曾路过六安虎头潭西淠河大桥，所见落日苍黄如怀孕的大地溢血，皖北风物有雕版印刷的粗粝和茫茫枯索平原一望无际的久寂。

连绵汹涌的群山皱褶中，这条隐秘古溪，日日被浓暮缓沉入古老、松散的静谧，又日日被新发的松烟和藤萝从清晨挽救。岁月的美囚禁了它，使它与尘世彻底隔绝。我略有担心，在傻傻的原始性被毁灭后，为美而生的它如何继续生活，成为无限的少数人刻意维修的幽径？

> 人有自己的霜
>
> 野花的血已经变凉
>
> 风刮落的果实是遍野的星星
>
> 风告诉你的肯定是它的经历
>
> 野花留下根
>
> 好像我的隐私得以保留
>
> 一朵磷火之后
>
> 不再有一声鸡叫
>
> 但不要说破一切
>
> ——古马

我突然想和同行的汪淳、六子、海娟坐在山顶喝酒。喝土制的米酒。

两个画家，一个青海人，远看他们如落叶从树上飞落。

乱石如一堆空酒瓶。落日释放野狂的酒意。

在万物归于内心的一瞬。我突然又想去古凉州，看无人大地，风的另一种歌颂。在诗人古马的一本书里——在一碗灯火里啼哭的黎明，白云飞远，马匹走过……看看这一切留下的，未必都是永恒的。

在时间的对话里，我是喜欢更呆、更内心、更散漫的——十里，溪声……

竹瀑流

山中新雨，日起如窑火被层绿按捺而不可易见。新绿。紫绿。红绿。碧绿。颓绿。狷绿。诡绿。薄绿。野绿。老绿。暗绿。一山长绿，层层叠叠，犬牙参互。在天柱山峡谷中的诸多兽、人、鸟形迹若青青苍苔——闪动着水渍的时间不谙世事，因而兽影人影鸟影清凉如同披拂了一层苍苔，几千年的时间集结在万类动植物身上……瀑声沸沸，在骨骼里涌动，飞流而下或者而上。

人总误解飞瀑是飞流而下，包括李白。在此山时间却是飞流而上的，挣脱了时间的空间，每一种方向都可能且不意外。峡谷上下落差二百余米，岩崖及植被或如新肉清白，或如花雨晴红，或如油画旧驳，表皮和茎干成色乌褐翠冷，瀑之海里集聚了乌泱泱的人群，在怒放，在饕餮，在回溯——允许重新来过，恍惚原始的生命上游之地。这是吴楚女性气质的上游之地。我喜欢女性的潺湲之美。

有瀑如"之"字形，油润的水流在岩崖上反复书写撇捺，内蕴古漠的丝竹之音，九曲回环。"之"的金文大篆体、汉仪小篆体，别有韵格，如杯中生芽叶，或茶园托柔枝。甲骨文"之"字拙奇宛若游鱼出新水，在怀素《自叙帖》中，赵孟頫《行书二赞二诗卷》中，"之"字均得神奥大意，出神入化无心挂碍，其翩翩起伏曲线有莫可名状之异美。

"之"字瀑所呈现的各式姿容乃峡谷造化所得，绿意蜿蜒流泻令人酡醉……岩崖挤出的苍深水潭，却被一瀑数十年数百年拓开疆域，人在潭边亦是在时间之内神游，噫吁兮，如蜉蝣逍遥。周遭悬崖如斧劈，亮痕犹在。泉水似在云端，起步即是凝白氤氲一片，从百米高处鼓起飒飒声浪，瀑分四五大柱，势若北海奔龙贪婪怒放，旁有马鬃般细长银瀑扯下，落瀑处旋起无数银针或曰苍雪，在无垠的吴楚山地激动成响水槽。

有人写过响水，农家夜宿，听了一夜的泉声泠泠，待产女主人痛苦而微蜜的呻唤，水声吟声（呻吟与歌吟）旺盛、晴涩、浓动、沛美，如同汪汪的金质油菜铺满乡夜，又如深凉滴答滑过的午夜梦境。

瀑布虽白耀恢宏，却又印证了古中国诗源的夸饰和炫才，李白称我眼前天柱山中的瀑布为"巉绝"，在我看来，或是微醺后在茫茫河流中突见一山兀立，视野从平阔之水转换到野生的山色，在心理学上构成即兴的惊叹。李白《江上望皖公山》，古今诗选里亦有将"秀木"写作"秀水"。

李白在皖河或长河或长江的"江上远望"，可见天柱山雄巍峙立争气负高，但若干水瀑只如莹然白线嵌山，其声亦不可闻，视野所及满山披绿的树木将飞瀑遮蔽匿藏，繁绿轰鸣才是第一印象，故"秀木"为宜。

竹之海亦倾泻轰鸣，像从虚静地底突兀暴动而锐起——单独的一竿状似小镇少年青葱挺拔，而几万竿几十万竿包裹纠缠叠压交织，林间光线晦明难辨拖拽散落，独坐幽篁中，在微风的带动下自有各式各样枯朽的落叶清鸣，数丈高野的阴凉似要将世界隔绝……又隔而未隔。

泉水寂静轻盈跃动，黑鹊拖得长长的鸣叫哀婉，画眉"娃，娃"是对同伴的警示，"啾，啾啾"是对人入侵领地的屈服，"谷，嘟谷，谷"，尾巴上下摆动，它的少年心事在对美女抒情，"呜呜呜""呜呜呜"，张开双翅，在和教授江飞、和县佬魏振强约架？苍竹超挺蓊郁，弥漫的新鲜笋味与枝叶互荡而迸流出的清韵，广阔褐壤中去年因山火焚烧而遗下的黑痕，在强化一种既悲凉又甜蜜的情感。

竹海，毛竹之海。毛竹，又称孟宗竹。孟宗是三国人，《二十四孝》里有他"哭竹生笋"的故事。《楚国先贤传》载："宗母嗜笋，冬节将至。时笋尚未生，宗入竹林哀叹，而笋为之出，得以供母，皆以为至孝之所致感。"正值暮春初夏之交，山间新笋亭亭，老竹疏冷，竹叶偃仰，陡生旧事不再的迷离之思。

遍山是竹。遍山是竹。竹子。竹子。竹子。文同的竹子，倪云林的竹子，柯九思的竹子，徐渭的竹子，郑板桥的竹子，罗聘的竹子，李方膺的竹子，生意十足、劲辣多姿的墨竹。王维的竹子，柳宗元的竹子，杜甫的竹子，王安石的竹子，黄庭坚的竹子，朱熹的竹子，涓涓于线装册页间突起一枝，逸气横生。入夜，在谷顶的桃源湖，星汁甘甜。餐足酒饱，绕湖行行止止，大夜如肥硕浓繁的糯米陈酒颜色，铺排在陌旧黑香的蓬竹上，湖中倒影恍惚似山精狐媚在等待书生手谈。

通计一山，有深涧数十，青龙涧，飞来涧，幽涧，东关涧……深寂不可与人语。有飞瀑数十，丫字瀑，黑虎瀑，雪崖瀑，激水瀑，飘云瀑……恣肆堆垒，风露浩然。有奇竹不可胜数，在一个特殊的时间和空间，扎进饥渴、苏醒的竹简式的古迈血管……如同王安石题刻诗："穷幽深而不尽，坐石上以忘归。"忘归即是归心，心灵的自我流放。吴音和楚调之间，青麦芒一样杂异喷涌，竹、瀑流放——

二〇二〇年五月十三日夜

158

米　红

　　米白。米粒盈白。皖西南的糯米糍软、晶亮、间杂小尺幅的放荡，在五月茶庄村的内部吞吐金红之光。我看见墙上所绘黑白线条如木刻的五道工序：选粮、冲淋、蒸饭、发酵、储存，简简单单，一粒米却由此向死而生……据传古南岳天柱山有二龙十三泉，其中之如午夜月流的琼阳川泉，尤为清冽，以之浸当地老品种糯米（未经基因改造的纯种，红壳圆粒，富含淀粉，产量甚低），泡发后上甑桶敞盖旺火层层蒸，待凉后（二十摄氏度左右）沥干放进大缸，一层糯米撒一层酒曲，压实并掏洞，洞中亦撒酒曲，置于暖地一日一夜，酒液即自洞中溢出……"味轻花上露，色似洞中泉"（唐人姚合《寄卫拾遗乞酒》的清寂诗句，被一山脆响矮壮的绿茶枝传送四方）。茶庄位于天柱山之南，泉水所携的激荡清气，是涂姓家族所制糯米封缸酒的乳源，在古皖的吴楚缓冲地域发烫般隐喻着古典的想象和忧伤——而对于甑桶，它是复杂和粗糙的传统乡愁的异常呈现。一粒米，莹莹米白而至酒色怆怆金红，芳香扑鼻，醇稠如蜜，其间所经历的冰之火和火之冰炙炼，类似"酒入诗肠风火发，月入诗肠冰雪泼"（杨万里）。是的，火发雪泼。它与周遭的天寺、林庄、风景、白水、合甲村构成一个海拔三五百米的高地帝国：大蒜、葱、栗子、山莓（我乡称为四月菢或大麦菢，耀红到肥亮铮铮，充满童年酸甜异趣）以及镁盐、花岗岩、含钾岩石暗藏隐秘的脐带关系和精神桥梁，这些自然、晨霜、烟灶、乌瓦屋顶、枝杈和乡村隐秘生活酿造的落日盛宴，集体灌入饮酒人的体内，浓凝，颜热……

二〇二〇年五月十二日晚

160

云 深

皖西南松杉尤多,有一种街头修补自行车摊的旧时风味。松杉如修车匠伸出如许众多的翠绿把手,年年在山中自行修补野性,一座座山被修补到静谧令人涕零。董其昌说:"画家之妙,全在烟云变灭中。"烟霞伴,心中闲。松杉之魅既是云烟,亦是古老的闲情。车行石关乡,沿河公路勃勃高大的两行松杉,黑黝黝的松杉蔽日,阴翳蔽日,红黄的松针铺满十几里路。两山夹岸,山上未名的春花脆响响竞放,如洪荒之地的寂美。松杉是春山艺术的"耕烟人"。所谓烟霞痼疾在于偏执到如黛玉小口咳血。松杉印证了古中国的绘画术:

松下问童子

云深不知处

等等之类，艺术就是偏门，自问自答，未经驯服。艺术就是别裁，黛玉葬花是一条路，松杉掩映是另一条路。

二〇二〇年五月四日

春意思

车过桐城、舒城，皖中平原一片青黄怒放……黄的是油菜，青的是池塘。靛绿棕绿灰绿细绿嫩绿，乃松杉、长柳之属。或有其他。不知名各类红黄橙紫的树木，高低错落，疏朗密实，姿容不可描摹。路边常有翠柏，亭亭如盖，厚绿经冬依然逼人眼目。人家的白墙，闪烁如流水而逝。清癯白杨挺拔似青峻少年，激情绵绵数里，难以收止。三五雀窝搭在杨树枝杈间，垒得格外欢实。漠漠平畴新绿初起老绿肥腴……"引江济淮改建工程"，招牌，招牌……转眼已是肥西。"济人学校""××酒店"，招牌，招牌，招牌林立。滨湖。包河大道。无边的绿苦，绿褪，绿飞。桃花嫣然，嫣然一笑。似从山中入城市，渐入城市——

沿途的李公麟，以立意为先，肉骨神兼。沿途的三国周瑜，淮军刘铭传，白马当先。文文武武，随杭埠河、丰乐河，汇入巢湖。

163

记得巢湖银鱼白亮，像雪朵掬在人间。春意思，好几分了。李公麟的白描画意，是春意思的一分，余下的几分，或……在下一站了。

二〇二一年三月十日，合肥

盆　地

　　昨夜我梦见古皖之地的冶溪镇阔美、润圆。周遭无边荡荡的山峦、森林、悬崖似要倾扑擒伏——雨滴的音符铮铮绿亮，而法术的野兽、山妖、神仙以游鱼般出没不定之势，集体调整着暗黑中的身姿与呼吸。荆棘山道逼仄崎岖，月光啁啾，铺满银杏、古槠、香樟、枫香、紫柳、桂花，恍若舞衣锦绣斑斓，沿山而上，又是山鬼似的寂寂杉木、柳杉、马尾松、栓皮栎、青冈栎、黄檀层层包抄，围拥出驳杂奢侈、闪闪发光的扁头鲢一样腥凉的气息……一个吴楚过渡地貌的清脆盆地，以盛放父性的初生山水为荣耀，是母性之硕大红盆的虚幻呈现和沉陷，亦是插秧伐薪采茶农人的劳绩之所。圆拱如月的卷蓬桥下，人影树影桥影花影相扶，人家墙角去年的南瓜如此浑圆，令人耽溺，像桥边永不可醒来的古老原野梦境：忧郁胶着的阳光如同红绿奔腾的雨水，持续灌入荒田里一头睡卧的黑牛体内并嗡嗡清响。

庚子年三月二十日，西方传统的复活节，我在一马平川的冶溪镇晃荡。按照网上万年历所言该日宜祭祀、祈福、开光、求嗣、斋醮、纳采、订盟，忌开市、动土、掘井、开池。四野鸟儿发情，群群蜜蜂茫然得不知所向。广漠田畴的油菜花或开或谢，半开半谢，渐渐粗实隆起的茎干，如同女巫的绿色权杖悬垂膨胀的松果，溅起松烟阵阵——万物的枝条像一首叙事长诗，溢出了处处肥沃的山地雌性美学体系。

山中小盆地多有未名之美，人性之力，本心之爱，以及未名之美里永难言说的致命清新——

亦南亦北，冶溪乃女性古中国积雪映白的情意别册，在太湖、岳西、英山三县的接合部，浸润稻米之乡的妖娆和慈祥。摩托轰响，小车突突，沿地跨鄂豫皖三省四市的大别山南麓攀援，北达古寿州（一部分隶属皖西六安市），飘散霍山黄芽、六安瓜片的迷魂之香……西抵湖北黄冈，交杂板栗、酥糖、挑花、老米酒和甜柿湿漉漉而安静的晨梦……西北远赴河南信阳，与固始鸡、鲌鱼、麻花、高桩馍、商天麻、神仙饺在锅碗和药罐之间摇荡……而这里如许众多的森森古木，朴素深褐的千百年木纹上，闪过新石器、殷商老器、犁耙、插秧机和大棚石斛的熹光，本色，自然，劳作，轮回，镌刻着生而为人的温憨和忍耐。

沿街漫步，翠光荡漾的茶叶、黄泥腌裹的鸭蛋、舞灯人、说书人、橡栗子豆腐、烤得半干的焦黄小河鱼、河汉的米虾，一种浓郁的菜市场属性的叫卖声，充满家常和市井的微妙和凌厉，是腌臜的、粗鄙的、块儿八角的，也是热烈的、喧闹的、生机勃勃的。

清超幽回、又怅惘难以为怀的绿国，灼烫为峰顶、天空、稠密的枝杈、破旧祠堂，以及黑发少年暗红发芽的情思。

二〇二〇年四月二十六日

长河之上

　　少年时我一度误将冶溪河听成野鸡河，她美野美艳像澎湃的校花令人孤单乏力。野鸡的含义昼夜充满古怪忧伤的暗示：野鸡，雉也，雄者冠红尾艳华衣雄服。野鸡亦是我乡对随性女人的蔑称，事实上雌雉虽娇小却尾短，羽毛灰褐——但一提到野鸡，蔑视的男人常常双眸火星放亮似厨中的菜籽油欲倾浇而下。"雄雉于飞，下上其音"（先秦无名氏《雄雉》），叫得那么欢实是唱给谁的颂歌？冶溪河我二十余年来过七八十次，沿河的鸟叫（也包括雉鸡的求偶之音？）一向如糯米白粉撒下安抚人心的阴凉，几百棵老枫杨枝遒叶绿晃动使人迹近失明……今日是六点钟的黎明，往昔激壮的河水已被深雾笼罩，水流以及枫杨、垂柳与天地一体凝滞，影影绰绰中像人间暮晚的街道突兀起无数买卖牲口的摊铺，各种各类各条各个各界的兽色或褐黑或泛青，在等待诡异的山精或诚恳的麦穗来挑选认领。我真的听到了新麦香，勾了魂似的从天空的漏斗里一丝不苟地漏下来，并被时间和深雾减损了几分。当油光细滑的阳光被东面的司空山从云缝中拎出来时，一切变得像与熟悉的邻居即兴攀谈，他们携带着睡眠的温热陆续行走在巨阔的田畴料理农事。水气因此绵绵消散，清亮的水光晃映上岸边；茶农耷拉着猩红的睡眼将熬夜赶制的新茶送往河对面的集市；远处的东方红水库沉淀一夜的绿会不会开始一天之中的第一次漾动；联庆村一进七重的清代祠堂正在修整，门前冠盖如巨伞的枫杨上（春风吹荡树下荒凉坟包上的塑料红花和黄表纸，一枝映山红在旁边兀自新鲜怒放），静悬的晶亮露珠业已滚溅一地，就像我不能踏进同一条冶溪河。这就是生命燃烧的源头，长江支流皖河的支流长河的一级支流之一——冶溪河醒来的翠绿情形。隔壁翻过马踏岭是我的血脉故乡黄泥坡。我用手丈量地图，她发源于皖鄂交界的西坪村，离黄泥坡十多里，流经联庆、桃阳等民居村落，在梅子林入太湖县境，至潜山县与怀宁县交界的石牌镇汇合皖水、潜水形成皖河干流。长河之上，自源头至狮子岩六公里的上游段，坡降达千分之四十五，狮子岩以下，坡降为千分之八点四，所呈现的锐角和山势相依。这么多微小的泉水噼啪汇聚，一路奔突裹挟两岸的徽剧、黄梅戏、岳西高腔、潜山琴书、太湖曲子戏和孔雀东南飞的传说，像酒坛被众多的酒仙加冕，之后从安庆步入长江温软的怀抱。我觉得她是一只少女挥动的山楂树般的手臂，羞涩，沸腾，充满陌生的、原始的、农业的质感。我叫她冶溪，或者野溪，在野之溪，清声亮彻，构成"雉雊麦苗秀，蚕眠桑叶稀"式的……汁甜液美的花木中国，迷途知返……

二〇二〇年四月二十八日

大风歌

　　翻开一九八五年的文物普查记录：琥珀嘴高出平畈几米，断面文化层自然深裂，达两到三点五米，上层以灰陶为主，下层以平沙红陶为主，在断沟底部发现石杆、石斧等磨制石器，据标本和文化堆积层分析，上层为殷商时代文化遗址，下层为新石器时代文化遗址。发黄的纸页潦倒中辉映别样锦绣，陶石之音依然动荡如金阳晃晃，而它此前是静止、专注、内蕴，万年前的大风吹动先民的木叶呜呜呜呜呜，大风在泥土的内部筑陶成巢，鸟飞起落……一个原始部族或村落的肌理涌起古陶的斑斓红鳞，老陶如唇，天地律动的声响，沉寂，泛起，沉积，浮起……

　　大别山顶上，几朵白云停在上面，草木是站立的风，石头是凝固的风。青铜枝下，整个琥珀村沉入乳白色的雾中，白墙和白雾不分彼此，只有黑色屋顶浮在上方。黑黑白白，像许多人的一生。

溪边的枫杨和坡上静静的土坟，如此的安宁。叶子翻过来翻过去，像许多人的一生。叶子翻过去翻过来，像许多人的一生。

二〇二〇年四月三十日

妩　媚

　　花影落进河面，像给平常岁月点了几粒胭脂红。水波潋滟，水草间有游鱼星星点点。鹅卵石裹了些青苔，亦如一枚枚卒子，被时光消磨得圆润。

　　好在春来花发了。春天终究是来了。春天来得浅，春天来得深，浅一脚深一脚深深浅浅是脚下的草，踩在草尖，脚痒痒的，心痒痒的，让人产生远行的冲动。置身花丛，桃花红红的像个小姑娘，杏花白中带红像个小丫头，李花白中带黄像个小女孩，梅花白白的像个小女神，她们或雀跃，或娴静，或天真，或文雅，花光如颊，温风如酒，一派不谙世事的美好，又是年华锦绣。春天真是毫无心机，如河滩上活泼稚儿，晃晃悠悠，处处皆景。

　　天上鸟飞过。天上晚霞飘过。天上还有斜挂的夕阳，贴在西山，似周昉《调琴啜茗图》一帧，着色苍黄。

周昉用笔秾丽多态，法度谨严。画内却似有天籁音，一琴一盏，三五慵懒闲人，听琴品茶。闲庭之雅，听琴不在琴。随心所为，坐听无弦。

忽想起天地之弦，天地皆为弦，草是弦，花是弦，鸟是弦，风是弦，卵石是弦，夕阳是弦。人是弦，人心亦是弦。拨弦的是夕阳是卵石是风是鸟是花是草，人在处，人心在处，天地一弦。我这么说有点玄的意思。春天是玄而又玄的美妙，春天是娓娓道来，春天是兴之所至，无所不至。

忆得那年到睡佛山，山南山北，一边春深似海，一边白雪皑皑。山脊上的杜鹃，红浪翻滚，一浪一浪地耸立着，走远了，隐隐约约间，可闻涛声。山北之白雪，又如铺天盖地的白梅花白杏花白梨花堆积，突然我就听到了雪声花声，声声慢，声声急。山是弦，云在拨，有悲怆，有激昂，有幽寂，有焦灼，有安抚，有吴音，有楚声，恍恍惚惚，竟一时忘了是醒还是梦。

冶溪地处吴头楚尾，山水的印记就颇有吴楚之风。吴音四声八调清浊对立，吴歌温柔敦厚含蓄缠绵，楚声参差错落自成妙响，楚歌即兴而来悲凉哀婉。人到中年，渐渐喜欢楚歌更多一些，比如《垓下歌》《大风歌》《越人歌》，"是故怀戚者闻之，莫不憯懔惨悽，愀怆伤心，含哀懊咿，不能自禁"（嵇康《琴赋一首并序》）。楚歌在荆楚大地源远流长，庚子年的春天我听来，悲慨之气尤甚。

但吴楚之歌在乐器的选择上惊人的同一，笙一支，笛一管，节一块，琴一把，筝一张，琵琶一面，瑟一具，仿佛衣食同源。大弦嘈嘈，小弦切切，淙淙之音里悲喜交织。吴歌如春风拂耳，楚歌似银瓶乍破。

吴楚之地是表兄妹，吴楚之歌骨老神清。

临睡前在朋友圈里翻阅，见杭人李利忠录一联：

花气争窥，矜持春晓

莺声可数，妩媚山深

人生妩媚为好。忽想起，山深处，万物腐熟而不朽，比如满山的茶籽，比如稚儿擎瓜柳棚下，细犬逐蝶深巷中。味淡情深，乃妩媚之至。

二〇二〇年四月十二日

莫名其妙

　　天柱山之偏僻后山，远观山峰百态。满山郁郁苍苍像青雨一样密实，山被阔绿淹没，山几乎无主。青雨一样密实清冽的是竹海，雨滴硕大。青雨一样密实的竹海，竹海一样清冽的青雨。在盘山道看竹海突然冒出两个词：雨滴硕大，莫名其妙。雨滴硕大本来就莫名其妙，因为竹海，确实青雨一样的密实清冽。青翠发冷的竹枝、半黄半绿的竹竿和麻色长笋之间，小车拖拽着盘山道像根胡乱堆放的清凉丝绳，欲捆绑群山中几百类鸟百十层次的胡乱鸣叫，叫声堆叠和潜山人的呓语一般。暮春的潜山县在芭蕉肥叶下像短促又时而悠长的旧梦。蝉鸣交杂，程长庚（1811—1880 年）呓语在芭蕉肥叶下，像京剧《捉放曹》的老生出场，他认领山峰一个。张恨水（1895—1967 年）呓语在芭蕉肥叶下，像《金粉世家》的金粉剥落，也认领了山峰半个。坐标：龙潭乡万涧村，竹喧如海，如海，从清末到二〇二〇年，他们演绎艺术的后山之巅……莫名其妙。艺术就是莫名其妙。艺术也是龙潭万涧。一幅《春山图卷》（元代商琦）似要从云烟中扑来——五月潮湿的青雨在反复灼烧山脚田畈，拥挤，喘息，阳光的电露在我们黝黑的肌肤上划下金黄的稻痕……新凉的，疼痛的……冲动在人心深处的艺术广袤山河。

二〇二〇年五月四日

听了一夜《八音和鸣》

喝了一夜粗茶：又苦又爽，通透出大汗，筋脉通往田畴中的墨漆池塘。一通百通，四通八达。四通八达归于一碗粗茶，喝了又喝，一心二用，像喝了一夜墨汁。

夜是一团墨，人是一团墨，音乐也是一团墨。

在宣纸上数了一夜老树：枫杨，三十六棵，三百年以上。枫香，三十三棵，二百年以上。香樟，十七棵，一百五十年以上。余下紫柳（生长缓慢，树围近三米）、银杏、槠树、罗汉松、构栗、古檗、黄栗、白栗、女贞，二十三棵而已。通计一百零九棵。通计，一百零九棵……

钟磬箫琴笙埙鼓柷，枫杨枫香香樟紫柳银杏槠树罗汉松构栗古檗黄栗白栗女贞。

听了一夜八音楚调，像喝了一夜粗茶。

听了一夜八音楚调，像数了一夜老树。

八音和鸣，似溪流溅溅嗒嗒，叮叮叮叮，溪流从何而来，往何处去？

骑羊翻岗就是湖北省英山县——在荆楚之地的隔壁——冶溪镇，月亮像白瓷贴在陡峭的暗夜，春意茫茫。乡村之夜渐浮起红红的鸡鸣，日头如火星，带来生之微小火焰和清晨野花的酣甜。

石佛寺记

　　山深藏老寺：石佛寺。大别山南麓，皖西南，隶属包家乡。周遭云横雾漫，山川清凉。石佛一词，空灵寂静，如叶落空山，又如木鱼"笃""笃""笃笃"，昼夜不止。石佛寺读来则如嵌在峭壁上的楚音，清癯苍冷，荒疏枯涩。黄昏的山风吹来，吹开偏居一隅的寺门，一阵阵的冷，又有繁华将逝、明灭变幻的空茫。

　　春日的石佛寺外，却满眼繁花的喧闹。一山绿，绿中掺红，一山新叶老枝，一山夕辉，一山芳菲，荡荡春色如水，没心没肺。简陋的寺门内，荒废破败，三尊旧迹斑斑的大石佛，数十尊小石佛，油漆剥落，外用木板护体，石不像石，佛不像佛。数块碑刻，字迹模糊，其中一块疑似提示道光年间重修。石佛更不见乾隆三十一年（1766年）初建时的金碧辉映，金碧也是逐溪流鸟声深红浅绿而去。唯岸边三两桃枝渥然似托举旧梦，开得人眼热心跳。

溪水间游鱼历历，鹅卵石一块块，倒映天上白云的无量吞吐。

世事如家常，石佛寺是极简叙事。

寺边右首有古松，虬枝凌然、凛冽。古寺，古松，在天地间各自像一片微小的绿影，被古僧扫进了夕阳的群山之中，一时寂然。一时出神，神飞四野八极。

石佛寺产茶，产佛茶，产神茶，产仙茶。海拔八百米以上的茶山绵延数百亩，一大片绿，一大片绿，铺天盖地仿佛幻觉在沉静堆积，风一吹，并未有丝毫摇动，只是使绿意变得越发强烈、浓郁：石佛的绿影，新老叶片的绿影，茶姑的绿影，采茶竹篮的绿影，路边小狗的绿影，白墙黑瓦的绿影，光阴的绿影，亮亮水泥村道的绿影，整座山中乡镇的绿影……

石佛有颓唐之美，破败之美。诸神用神来之笔，种神来之茶。神佛之绿有仙气。寺边一棵母茶树，被乡民目为神茶，半边是长椭圆形叶片，茶味普通，另半边是柳叶形叶片，茶味绚烂。

东汉壶居士《食忌》载："苦茶久食羽化。"所谓日曝夜露，便一叶羽化，百叶登仙。山中风月滋养，水落石出，遂神气阗溢。

茶树名石佛翠，石佛翠滴翠，静气盎然。所制茶名岳西翠兰，略苦旋甘，清香似暮春草木入怀，又如奶油炒米，可慰我饥肠和风尘。

我喝了一杯纯正的翠兰茶，心中像覆了一片民间的青瓦。

手工翠兰茶，到顶级便是翠尖，一芽独立，骄傲、蓬勃、烂漫、严谨，老手工都是岁月的知己。翠尖的手工，来自老茶人冯立彬，几十年坚守山里事茶，种茶、育茶、采茶、制茶。又独创翠螺形翠兰茶，手心一捧，如无数翠绿法螺横陈，鼓荡一鸣千山振。这一切的好，全好在天性。民间小寺和山水，留下真善仁义信的天性印迹，瓜瓞绵绵。

石佛寺不大，石佛寺很大，芥子中藏须弥。山到高处即为仙，潜藏白鹤、溪水、游云、羞涩和爱，杉木和松柏都怀着古人的赞美，心中都住着清风。

正是清明之后不久，天气清明，万物晴正，山似一棵石佛翠，水似一汪碧螺春。

入夜饭饱，辞冯立彬而去。他眉眼内敛，暮色里垂手而立，像极了清寂的佛陀。

青绿有神

天堂寨在金寨县。从岳西到霍山到金寨，一路肉色粲然。岳西是腴嫩的火腿，山高风响，山山层绿，柔韧交错健美有力，山风映照游溢回旋出草木香。霍山也山山交错，山树形色似猪蹄，一碗风月宜红烧，宜酱拌。金寨是东坡肉，整整齐齐似麻将块儿，红得透亮。

红得透亮也是家常。家常最好，家常有肉最好，无肉也好。

岳西家常，霍山家常，金寨家常。好风景如家常话，好风景如一吊好肉，吊在火塘上，肉味年年香。

暮春初夏，一镇子羊肉香气剔透飘远。不远处的天堂寨似在暮色中挂着，被风吹透，肉味鲜透。风干的羊肉多浅白深红，如落日西照，落日如大公鸡，从民宿的树巅迈步，间或古奥鸣叫：断竹，续竹；飞土，逐肉。

老木桌旧纹簇簇，夜色披浓，灯火亲善。端上来的却是吊锅鸡。本来想吃吊锅羊肉，不吃也罢。

食肉长精神。遗憾也长精神，留待下次再吃。

家常烟火好在触动人心，莫名其妙。忆起我乡岳西从前的冬日，柴屋或披屋里总有火塘，松火烁烁，影亮人脸，上方用铁丝悬垂一口吊锅，布满黑漆柴烟如松墨，锅里渐渐咕嘟咕嘟，伴人声絮絮，满屋都是暖老温贫的静美。

民宿也好，好在不雅不俗，一派本真。门后有山，山上有泉，门前有田，院内有树，风吹枝叶晃荡，喜庆得像个刚定亲的小地主。

是夜，中庭枫杨如积水，人影如小舟几只。是夜月色蓬蓬，像肉松面包蘸了层西红柿酱。

清晨被鸡鸣推醒。鸡鸣涌出少年般的浩瀚、温暖、湛蓝，一鸣跨三县。安徽金寨、湖北罗田、河南商城，三县齐鸣。

新阳历历，门前畦畦稻浪翻滚，山间枝头数千鸟声各自起伏。街头有精瘦老人粗头乱服，穿长靴扛褐棕走过。鸡鸣喈喈，依然和先秦一样欢实，青绿有神：断竹，续竹；飞土，逐肉。飞土，逐肉；断竹，续竹……

二〇二〇年五月二十八日

雨或梦：枇杷

枇杷的青雨在夜与星的旷地逐走，苍蓝倾织。青雨之夜，我听出的星子无比硕大，在吴楚之地的皖西南，仿佛架着柴火的夜色在噼噼啪啪燃烧。满天金黄的星子，从少年的额角舞溅并汹涌喷吐出熏翠枝叶，甜蜜，郁蓝，充满民间山坳的神游记忆——雨声渐息止，星子悬垂在农家檐角，和夜色混为清冽的炊烟……绕东坡而去，似一位古人于山里弹琴——琴音飞散如肉色累累沉沉的枇杷子，浆液的彩瀑倒流入无边深邃的湛蓝天空——无数的枇杷叶，无数缩微的琵琶，音符像要溢破薄薄的果皮和沉夜的幕布……枇杷欲作琵琶响，琵琶暗藏枇杷香。琴音的青雨复大，雨珠像繁体的木刻汉字，音乐的终极是为取得神奇的音色和音效，随一幅幅流动的旧画而呈现、分解（有时候如林椿、赵佶的《枇杷山鸟图》，山雀栖枝欲啄而食之——自足酣畅的世俗的暖意；有时候如虚谷和尚的

《枇杷图》，萍踪浪迹的枝叶蓬乱——显露一派峥嵘的怒意；有时候如齐白石的《枇杷》饱满艳烈欲滴，我读到的题诗"果黄欲作黄金换，人笑黄金不是真"——抠门老人流露直白的真意……），农历四月山中收藏的时间乐谱，因偏僻天真的梦境而湿润成漾漾溪水。烁白的溪水，像要把凸凹披绿、静怯安详的无名村落切割下来。无名村落，因无名而熠熠闪亮，像悬挂在山间和天际——朗素的粼粼月影，里面流淌一种意味深长的无穷过去，以及用幻绿安慰未来的清澈质地（但愿如此）——

皮影记

日光一团团，将宣州的水东老街泼成朦胧的墨影。毛茸茸的墨影，起伏跳宕，罩着一棵棵树，罩着三五个人、狗，罩着地上的各类影子，或静或动，或新或旧。

电动车，摩托车，小货车，酒旗，大酒缸，黛瓦，木檐，斑驳的马头墙，褪色的红门，元和堂药铺，水东百货公司棉布商店，水东十八踏老鹰茶坊，老何洋铁铺，长江缝纫店，层层叠叠，杂乱无章，摇曳生姿。摇曳着，万物才能生姿，生出几分别致的皖南风情。

沿街的青砖老院，条石门槛，一片戏声飘出。是水墨的宣城，是水墨的皮影，是水墨的皖南皮影戏，墨在水中，如人在戏中。

演的是黄梅戏《夫妻观灯》，一出如笑口菩萨的小戏。正月十五，王小六和老婆出门，嘻嘻哈哈，哈哈嘻嘻，一路看花灯，龙灯、狮子灯、螃蟹灯、周朝灯、三国灯、乌龟灯、九龙盘柱灯。灯在花下走，人在灯中游。这是民间的快乐，俗世的欢喜。那么小，男人的影在幕布上，女人的影在幕布上，相约去看灯，元宵灯会，一年祈福的开端。在我们安庆，《夫妻观灯》家喻户晓，两口子的家常烟火气，因烟火家常而落地生根。

正月的鲤鱼灯，开眼就是喜气，红鲤鱼，金鲤鱼，鲤鱼跃龙门，不止闲情，更是企盼。

放下锄头的男人，打好豆腐的女人，农事已毕，换一身新衣，清清爽爽干干净净，往有梦的地方赶集，贫寒的日子也温情脉脉。

皮影戏活跃在庙台、场院、堂屋、村头树下，随遇而安，像晃动在乡野的月色，不分地域，照眼分明。又如青草盖了一层又一层，生老病死，喜怒哀乐，层层是百姓的戏，人心的戏。

皖南皮影戏旧称太平戏。太平泰平，艺人一担子挑到哪里，哪里就安身立命。

我还喜欢戏里浸润了水墨的皮影。鸟影，兽影，人影，形象活泼而古拙，均有种江南秋月的脱俗之气。脱俗在于稚气。花有稚气，树有稚气，草有稚气，活在花草间的人有稚气，人间稚气。那是皖南独有的气质。稚气难得，现在多谈志气，往往陷为置气。稚气所存，生机所在。

其实所谓永世太平，亦是稚气罢了。

三尺小舞台，跑动千军万马。

几曲哦呵腔，展现人间百态。

这是皖南皮影戏襟抱的写照，方寸间天地存焉。

皖南皮影戏是简单的，简单到板、鼓、锣、钹而已。一人，二人，三人五人，就是一幕幕人生世态。

皖南皮影戏又是复杂的，犹如宣城的春山，百态千姿，藏着十方锦绣和繁华。

宣城是块五花肉，皖南皮影戏是肉中滋味。五花肉宜红烧，一碗灿烂。最好吃的五花肉来自乡下杀猪饭，大锅灶烧肉，红扑扑，亮晶晶，颤巍巍，肥而不腻，香到骨髓，是肉中的传奇。宣城的五花肉之味在于山水，宣城的山水五彩缤纷。

花鼓戏如锅底烹油，皖南小调若肉上葱花，皖南绘画是绵火炖肉，皖南雕刻耐人寻味，皖南剪纸形神兼备。

皖南皮影戏糅合了小调、花鼓戏、绘画、雕刻、剪纸之妙，穿越千年，我们吃了一碗千年风月。

皮影师制作影人，刀工精细，线条流畅，设色艳丽，所雕帝王宫殿、佳人香阁、才子书房、军营帅帐、桌椅门窗、花木怪石，无不逼真，人物雕刻如文臣武将、才子佳人、工农兵商、男女老少等均形象生动，既有拙气，亦有神气，兼有静气，更有意气。意气所到，如春发草木葳蕤荡荡。

秋风吹过，老街一时俱静。

街头街尾，东西南北，四野一时俱静。

一线线阳光从枝杈间漏下来，如外婆粗糙的手摇着纺车，拉出岁月的缠绵和温暖。

戏娱人，人入了戏。戏散了，戏犹在人心。

宵夜帖

　　乡村秋夜，如墨水洇开，偶尔见光。闻虫声如织如雨，如玉米林里万籁流走，如梦如幻如棋中的匹马爬岭过岗。草窠里，叫乖子（雄蝈蝈）像羞怯的男孩，一声促短，一声吟长，类似当年祖母纺织时的"唧""唧唧""唧唧"，岁月的金梭银梭啊，在织一匹梦的土布。间或停歇下，旋即复起。夜露深重，各种虫声近在眼前，却不知其所在，其所终。古人说九月在户，十月蟋蟀将入我床下。九月的乡村之夜，远看近看山色乃天色所化，混沌一块，墨色一片，黑暗深处却似藏有锦绣一团。我想起往日田野，稻茬约莫一寸高，风吹来，刮起干枯的草衣，连渐渐升起的黄月亮一起窸窸窣窣。今夜月亮的黄铜锅子，沸起草木香、泥土腥气、缓落的秋露和牛羊舐声以及一大群不知名的静极的声息。四野阔大，一团锦绣是奶油似的黄月亮，升起在东山。万物交汇的一刻，我像大地的孩子贪婪注视：今夜月亮的黄铜锅子，掉进了土灶旁的大水缸，清水晃荡，它在孤独地舀啊舀，舀啊舀……

天之峡

天峡的杜鹃又美又野。黄的一朵柔肠百结，红的一朵粲粲欲燃，紫的一朵紫气东来，白的一朵白如雪肌。紫白黄红，棵棵棵棵，黄红紫白，朵朵朵朵。铺在一条大岗上，风吹来，蜿蜒若龙蛇旖旎起伏。春风吹开的是杜鹃花，吹开的也是好心情。

溯流而上，崖边无数的老藤，开出串串大蝶形的深紫，恍如一堆堆紫雪，既滂湃又幽深。远远一望，颇像累累新肥的葡萄，挂在枝头，也挂在世道人心。

这是千年油麻藤，我一度误以为是紫藤。

油麻是藤，紫藤是藤，藤缠树，藤缠人。走在藤下，想起紫藤树是李白的爱物：

紫藤挂云木，花蔓宜阳春。

密叶隐歌鸟，香风留美人。

但不见袅袅美人，只有溪中卵石上的青苔长厚了一层。李白曾在距此二十里的司空山游戏白云。天峡亦有白云，朵朵攀山直上，抬首山与云齐。天上地下，白云与紫花相映衬，溪水是一面镜子，烁烁照出古今。

油麻藤又名禾雀花，或雀儿花。花如雀，翩翩舞起，但满山的野雀和虫声清清泠泠。

溪水青青碧碧，蓝天青青碧碧，各自静流，在山里，不问出处，何问西东。

溪落成瀑，溪到高处即为瀑。一线泻下，沿壁乱走，九曲回肠。凌云一跃，荡气回肠的多是惨烈，犹如壮士。溪水是柔弱女子，却有壮士之心。

一山的马尾松，被山风吹得东倒西歪。沿河的垂柳丝丝绦绦，似春意绵长。枫杨四布，新枝蕤发，串串白花垂落如离人泪。路边的银缕梅老根如佛，枝叶暗红，嘟噜出浅杯状的萼筒，簇簇团团是喜气。檵木质朴古拙，红叶红花，给人心寄福。

在山里生活久了，举目四顾是山，山，山。对于大别山而言，天峡太小，也太嫩，但天峡之美亦在玲珑小巧，有青涩气。

低头弄莲子，莲子青如水。

乐府民歌《西洲曲》，清绝，纯净，低婉，又江南，又青涩。青涩是初出叶的莲子之心，是少女的素手纤纤拨弄若即若离。

这是江南的意趣，也是天峡的意趣。山水意到则趣味足，写山水文章趣到则元气丰沛。春花如沸，春草如毯，则有十分意气，处处风发，连脚下都绵延了一大片春意。

庚子年啊，世界春色犹未减，满满十分，天峡独占三分。我愿七分予以苦行的旅人。

说书人

　　说书人像一只苍茫的鼓槌，立在鼓上，千百年拍鼓惊奇。书文惊诧惊奇，说书就是传奇历史。昏黄的手抄册页里不安分的一个个汉字如鼓，有大音唱出《杨家将》《说唐》《说岳》《封神榜》《穆桂英挂帅》，从乡村木窗盘绕三匝腾云飞挂在槐树栗树桂树枝上，古味深奇。

　　我小时候在皖西南乡村，春节喜气厚朴，早早叫老娘准备了火炉，搬凳子只静等说书人入夜送喜。饭毕陆续有老头老太小伢和爱赶热闹的小媳妇在某主家堂轩坐定，嘴上又不安分，七扯八拉，家长里短。说书人还在主家饭桌上慢腾腾撮酒，一小盅一小盅，每次喝半盅，姿势古气，其实我知道他酒量不错。我跑进去看了三次，目光催了他三次。他似乎不屑于一个小伢子的分量，倒是大人的目光在真心假意地责怪我心急。终于说书人放下碗筷，谢了主家招待，酒好菜好酒足饭饱，赶紧说书消消食。说书人慢慢坐在方桌旁，慢慢慢慢喝了几口香茶，慢慢慢慢慢慢打开了鼓架子，这是应有且必然的前奏或前戏。终于说书人姿态开始高昂高傲，画风一变，鼓槌一击，牙板一响，全场肃静，百喧归寂。然后"敲起鼓板呢响叮叮，各位哋乡亲听分明，今夜不把哪别的表，我先表的是一段劝善文……"，咚咚咚，咚咚咚……书帽子长腔拖尾而臃肿，说书人摇头摆尾，摇头摆尾的还有一只转来转去咬裤脚的小黑狗。良夜里戏文辗转曲折，书生或男将各有非凡遭遇，女扮男装或男扮女装，一路往高潮陡峭里溯去，听书人痴痴傻傻。说书人一嘴饰演双角或三角四角，坐着如墨团，站起如挺戟，时坐时起，时起时坐，袍袖里抖落的戏文戏事缤纷络绎，说到紧要处，说书人居然撂下一句"且听下回再追根"之类，又在喝茶抽烟，让听书人无可奈何地愤恨。

说书人深得抓弄人心之妙，待听书人夜深倦倦，词风一变，扯到一个民歌小调荤话的段子，提振听书人的精气神。这是中国古典小说常用的段式，穷小子、高妓或和侯门女入了戏，入了戏便是一段花木繁茂曲径通幽，遮遮掩掩莺莺燕燕掩掩映映。说书人反其道而行，段子荡荡直白，一段乡村无忌的直白，听书的男人嘿嘿哈哈大笑不怀好意，听书的女人小声嗔骂"你这个不怕丑的——"，笑毕又见说书人正襟危坐如大德高僧。这是乡村美好的游戏。现在想来格外美好，缺心眼直露衷肠的性格美好。好多年我没在人家堂轩听过围鼓说书，戏台上改良的鼓书倒是常见。为安慰说书人的嘴再说个把小时，主家在午夜十一二点钟会适时端出一芦花大碗荷包蛋腊肉面，热腾腾香喷喷。一碗莹白之色金黄之色和葱蒜点点青白之色，美好到让听书人亦泣泪涕零。

这是安徽与湖北交界的乡村和良夜，冬风里霜落石出，槌落戏出。一转眼三四十年过去。说书人如故人过往，鼓声寥落。前几月到乡下，见了一个八十余岁的说书人，一人一鼓，冥然兀坐，姿影斑驳，似雪后的蔬笋芋栗，是孤傲也是孤独。

前天我无所事事，无所事事坐在无事可扰的小凳子上，长如小年。余元平的鼓声响起，书名《薛仁贵征西》，此艺事名为岳西鼓书。清音落落，自合韶雅，雅到俗处，俗到村落和群山之间群鸟偃仰啸歌，洒下一地世外清朗烟色。

兰园记

细雨如绳。细雨别有刀剐之力，又如绳索绊在脚踝间，步步垂危。亦如进霍山地界，山势回环，地势起落，花花草草灌木丛林均带枯黄的霜色。转眼我快五十岁了，五十年走得好快，满脸霜色。人也是要经霜的，才有冲天花阵好颜色。

霜色之前是春色。春色骄人，行前在读张岱《西湖寻梦》，西湖春色如秦楼，如苏公堤，如六一泉，如醉白楼，白乐天的傲啸湖山，大有风流古色。但都是梦。张岱寻梦，梦醒已荡为冷烟之色。我在寻园，只有匆匆行色。

冬日的兰园并无兰花。数百平方的保温塑料棚下，几千棵兰草一排排立于铁架子上，披针形叶条，显得甚是纤细纤弱。伸手摸去，一片悬空的冰凉。园内以春兰和夏兰为主，宋梅、万字、老十圆、汪字均有。辗转到门口，竟有寒兰数株，几个小盆子里，各自立起一枝兰花，清浅消瘦，消瘦伊人，若入夜山野月光来邀约，应是兰园寻梦。

今年却忆去年春，同在木兰花下醉。

日照玉楼花似锦，楼上醉和春色寝。

唐人欧阳炯的诗词，多带富贵冷灰。这是春天的兰花：绿杨风送小莺声。兰园院内无莺啼，泼天的是冬日寒风嘶吼。

步行往上，一阶阶青瓦，一块块方石。下有一沟渠水，悠悠不息，清澈可照人。

再往上，是敞阔的四合院，黑瓦白墙，黑白分明，黑白中精神力陡增几分。

再往上，有半山幽竹。大约这枝叶滞重，风摇来，簌簌里藏冰雪音，万籁有声。

仰视后山如大棉袄，宽厚地抱住人间，其姿势不拘成法，自抒胸臆。山色自有母爱情怀，谦卑，因极度简陋而倍感温柔。一时间兰香缭乱，直入鼻端和胸腔里，不知今日何日，也不知斯世何世。

老茶记

在古竹山，茶是春日的丝弦。

天空像个靛蓝的瓦罐，古老安静地卧着一些麦种。惊蛰、春分，麦种起身，孵出万千云朵、巉岩、沟壑、豺豹，以及广阔植被、蓬头山鬼和流速不明的溪水，山色被鸟声叫深了几寸。白云皴染，烟光日影露气浮动于疏枝密叶之间。满山黄荆槎、南京椴、山拐枣、杜鹃、青冈栎、枫香、山桐子、冬青，枝叶或疏或密。而一丘丘、一畦畦的茶，在田畈上密不透风，只留几条狭窄的沟垄，供茶姑往来，背篓里似是星光阵阵。斜坡多乱石，乱石间多茶棵，均粗头乱服。我曾以为是粗茶乱服，粗茶与乱服才是绝配，门当户对。记得小时候偶尔在乡下割麦，着破衣破裤，眼前眩晕的金黄一片，镰刀带来的却是望不到尽头的绝望，不到半小时，便腰腿酸软，汗流浃背，最后干脆一屁股坐下，拿起大茶壶，咕嘟嘟一口气灌下，随即舒爽，筋脉通达五湖四海。这种茶叫黄大茶。

黄大茶不是明前茶，不是雨前茶。黄大茶是夏茶，皮老肉糙，凌厉的滋味像武师打拳。牛饮一碗后，却沉浮起肉体的欢愉。

黄大茶是堂鼓马锣的秦腔，繁闹轰鸣，泥沙俱下，荡气回肠。

明前茶是江南丝竹，清声泠泠。雨前茶是山地花开，蕊飞花瀑。雨后茶是苦行僧，叶气夺过芽气，如古刹映黄叶，灯下夜归人。

竹山的茶树老到风霜三五百年。三五百年够长，多少兴废，不问兴废。古茶园里，矮矮蓬勃的二十多棵老树。其中两棵枝叶交缠互抱，主干碗口粗，苍老，遒劲，附生绿苔。老叶上头簇簇新，俏立一芽，一芽一叶，一芽两叶，依旧新嫩一片。新嫩像画在宣纸上的绿墨，有春水濡湿的糯软。老叶青碧，老叶里有苍苔气，味厚质苦。老叶苦心孤诣，捧起的新芽似乎不沾尘俗，如同游动的一滴滴清水，功到造化。树干不过一两尺高，苍褐深寂，老节拳拳突起如旧疤。皖地的茶棵不算树，亦不算草，亦草亦树，顶多灌木而已。与滇黔速生高大的乔木茶相较，虽小如累卵，一样日月悠长。

不多的农户，屋前屋后被春茶簇拥。茶园四布，散散落落的白墙黑瓦，像人神合谋的风景。

竹山人刘会根一生在山里游荡，辟园种茶。他开车带我们从古茶园上山，坡陡弯急。其下深壑千尺，其上接云壤日。待抵达一狭长坪畈，注目苍苍处，新绿唧唧，阳光如煮，万种或翠绿或灼红的鸟声似剧烈的窑火历久不息，不舍昼夜地锐叫、跃窜，游映并铸出堆如山丘的浓香，波动的白云在天空邈远而又寂然……

凌云俯视，山腰的池塘如绿豆，人家的黑瓦卧伏如黑豆，采茶人如芝麻，只有蜿蜒的公路如白丝带，快系不住茶园的绵延奔放了。空气中膨胀滚烫的新绿，像从大砂锅里溅出的浓美汤汁。

一个小小的坪畈，地开两县。山北是舒城县白桑园，灌木和松杉蘸蘸，迹近无路，舒城小兰花的经典产地。山南是古竹山，横柯上蔽，疏条交映，岳西翠兰的发源地、核心产地之一。偶见有茶农采得满篓鲜叶，视危崖若无物，开车或骑摩托飞速下山，我疑是现代版的乘鹤神仙。

松下问童子，言师采茶去。只在此山中，云深不知处。

云深处，与老茶树的彼此知遇，刘会根业已五十九年。多少白云苍狗中，他是制茶的神仙，他是自在的神仙，他是神仙中的化内之人。曲意款款心意相通，茶人的化境，树是人，茶是人，人亦是一壶大肚难言的茶啊。

剧团巷

一

　　两排暗红的屋脊之间仿佛涌荡一条滚烫、烽烟四起的大河。清晨的河面并无半分宁寂，一层层漂浮：牛肉汤在铁皮桶里"咕嘟""咕嘟"跳动，铁托盘上站满褐黑的牛排、羊排，异乡人在案板上抻拉面时带有表演性质的甩打，热雾弥漫，吆喝不止，烧烤摊前歪七扭八的队伍和不知名婴儿的啼哭，像暧昧难言的水草从清晨六点纠缠至八点。赶着上班的自行车、电动车和行人交错，外乡人、土著、小学生集体混合出一曲流水的交响。暗黑的旅行包，花花绿绿的围巾，三块瓦黄军帽，羽绒帽，带花头的绒线帽，它们一下子像夏天的机帆船一样突突冒出来。人嘴里呵出的冬日白气，搅拌着烤肉、花生、板栗以及铁锅溅出的油香。烙饼在等待出炉。糯米饭糍软放亮，被一双母性的通红糙手从甑桶里取出。她是我女儿高中同学的妈妈，动作娴熟，将一木铲糯米饭铺在潮湿的老白布上，热气嗞嗞，她的另一只手迅疾拿起半根油条，捏弄几下，又从碗钵里挑出一匙子腌白菜、豇豆、黄瓜片，撒一二十粒炸黄豆，又用筷子搛起一块金黄油亮的鸡蛋饼，她是要特别照顾一个熟人的口味。然后她一秒不停，拢起老白布，两头捏紧，松开一头呼呼旋转，糯米饭就被紧裹成漂亮的粽子形，里面是油条腌菜蛋饼黄豆馅，软硬交加。我吃得酸辣交加，"咯嘣咯嘣"，不小心一粒美味炸黄豆卡着了某颗破牙，毫无征兆，牙疼来袭，"嗦嗦嗦""嗦嗦嗦"。那粒令人心悸的破碎黄豆被我一口吐出，世界豁然变得恐怖缺乏安全感。

闹嚷嚷的巷中，多数食客陷于半沉醉，既贪婪，又惬意。吃面的滋啦，面条从喉管里哧溜而下，并无半点迟疑。一个青杏般的七八岁小女孩，在咬牙对付一块熟过头的坚硬牛排，其难度等于二年级解答"鸡兔同笼"。牛排和她的姿势一样怪异，不屈不挠，彼此较劲。几番生拉硬扯，牛排终于剔尽，只剩孤零零的排骨傲立盘中，小女孩像完成一件重大任务，邀功请赏："妈妈，汤！"她略显肥胖的妈妈忙不迭端过一碗半凉的海带汤。"咕噜噜"，风卷残云，她以超快的速度喝完。然后背起鼓囊囊的书包，蹦跳，出巷口，对面就是实验小学。

"卖，杏仁核桃，河南大红枣嘞——"一辆豫牌双排座小卡车混进了逼仄的巷子。这声音犹如往古，宋代姑娘在临安深巷里卖杏花，其音悠远，清脆，婉约，类似运河流淌的民歌质地。可惜，河南人走错了地盘，就像一头操中原方言的蛮牛毫无道理地侵占了安徽的草地。虽然录制的吆喝声模拟了一份宋代的开封之美。宋代的牛车马车驴车巨多，在百万人口的大都市开封城里随地拉撒。一下雨，腻滑的猪粪牛粪马粪之间，行人难以插脚。这使我记起若干年前的剧团巷，破损的水泥路面坑坑洼洼，风来，刮起一地垃圾和纸片。雨来，积水让行人心苦，若一个不小心踏进水宕，鞋湿，心也冷。如今唯有我陷于记忆，所有的食客对我头脑里的风暴毫不在意，他们或专注于吃喝，或边吃边闲嗑。如同这个改造过的巷子，难以安放一名怀旧者的心酸和幸福。

二

许多年，剧团巷里穿过的风声，迅疾、游动、浑浊，却只有间歇，没有消减。日头在屋檐下垂出斜线，刚好落在徘徊于巷中食客的脸上，形成黑白的暗影，凛冽、恍惚。所有的摊案油腻腻黑乎乎，只卖纯种却又全国普及的所谓岳西厨艺：面条、稀饭、大馍、油条，阵阵油烟飞升。偶尔能见到苍发老头，几声咳嗽，使身体的姿势越来越往下佝着，似乎呼吸很难接上。

现在我从南巷口依次逡巡，如大王巡山：兰州牛肉拉面馆。湖南米线。牛肉粉丝煲。重庆酸辣粉。曾师傅秘制凉皮凉面。棒棒鸡餐饮店。盖浇饭。因为这些厨艺来自异乡，它们落拓不羁，浪荡江湖，仿佛一班孤独的散修。而胡大炒货，储记炒货，无名店主营瓜蒌子、糖炒板栗、花生、核桃等系列，牛杂火锅，高朋酒馆，虽然是本土势力，但并未对异乡生意人予以歧视和羞辱。所有的店铺一色的仿古红顶，不约而同采用电脑打出的黑字招牌。它们来自山南水北，各有地盘，比邻而居，如华山论剑，吵嚷不息，招徕食客。

在胡大炒货我买过板栗和瓜蒌子若干次。年轻女店主有点小商贩的狡黠，稍不留神，快捷的动作会遮掩缺斤少两。每次我都笑而不语。我喜欢观察小商贩那种假作憨厚自以为得计的模样，或许这包含有底层生活的本真和虚幻。但她的板栗确实味美，唇齿之间腻滑如脂。如果凑巧，板栗刚从炒锅里出来，热腾，香气扑鼻。炒板栗的或是她兄弟，或是她男人，或叫胡大？未曾问得。多食板栗伤胃，但那种燠热潮湿的香气，有种迷魂的诱惑总让人欲罢不能。

汤包和豆浆当然也不错，厚实、丰腴的蛋饼一样打动人心，而炸虾仁，有一种坦诚而深刻的鲜甜味。奢侈的是吃鱼肠，在福建我享乐过一次。因鱼肠量少，朋友早早带我坐等。七点三十五分左右，老板利落地搁老姜煮沸，将一包鱼肠下锅，猛火快煮，再加米酒、九层塔续煮。鱼肠其实是鱼的内脏，包括鱼肝、鱼肫等等，口感颇为繁复：肝的粉嫩，肠的软腴，肫的爽脆，蘸些芥末酱油拈些嫩姜丝，一起在嘴里交响，有一种微醺的快感。

很快我徘徊到了安庆何老三馄饨店。

在南方，馄饨的叫法和做法有多种，广东福建管叫云吞，江浙管叫馄饨，江西俗称清汤，而四川那一带又叫抄手。这种轻薄到半透明的玩意，我虽无恶意，亦无好感。偶尔在何老三馄饨店门前，看见骨牌凳上安一只洋瓷盆，两个中年妇女坐在冰柜旁，十指快速拈起一块薄皮，用筷子挑起若干葱姜蒜合成的肉馅，再用指肚轻轻一挤，薄皮便将肉馅包进去，暗藏机锋，大功告成。

一大堆老人小孩坐在拥挤的店面里对付馄饨，还有一些妇女和男子在排队等待打包。受不住诱惑，我坐进店里，搛起一只刚下出来的鲜热馄饨，忽然感觉表皮似乎都有妈妈指头上的芳香。想起多年前，妈妈煮下的一只只热气腾腾的厚皮饺子，在昏黄的电灯光下，吃到嘴里，仿佛有了无穷的意蕴。又仿佛是，我再次接近少年美好的人生。

三

在剧团巷里我不断遇见可爱或不可爱的熟人。

我觉得张三是一棵原始的大白菜，似乎刚从泥地里拔出，胖而不腻，可他的人生却是与工地打交道。他经常和玲珑的老婆到黄尾鸭汤面店，两个人一胖一瘦，相得益彰。他的壮举是和一班小年轻组成爱心公益协会，助贫济困。他的工地上一堆堆水泥、钢筋，他妄想把它们变成一棵棵大白菜一样柔软的楼房，包含泥土和炊烟的质地。他曾写过诗。他二十年前写出"鸭汤面流淌出鲜香的记忆之河"。现在他和老婆就在记忆之河上行驶，几乎每天早上都要在黄尾鸭汤面店流连。他美丽的老婆沉迷于鸭翅，似乎是渴望白天鸭一般飞翔，而他古老的怪癖是专吃鸭脚。我希望他这只丑大鸭若干年后超凡脱俗，在天空中占有一席之地。天空是倒过来的大地，或者说未知而神秘的大地。里面隐藏着消逝的村庄，以及杂草丛生的菜园，但每每在他转身之际，我窥见的是一个老人的背影。我知道时间在老去。我期望他的水泥、钢筋，若干年后能滋生出另一种桀骜的乡土和乡愁，在二十四、二十五世纪看来有一种二十一世纪非凡的古味。

春天了。春天容易上火。牙疼。剧团巷里，偶尔我会碰到老心、大柳，鹅蛋、大斌、小气猫、鸡毛也在这儿。看我捂牙酸疼的样子，他们仿佛一夜之间爆发的春韭，集体面带嘲弄而无声地使劲吃面，刷啦啦，刷啦啦。他们在纪委、发改委、财政、人社、保险公司上班，日复一日，与平庸的生活纠缠。他们内心的纠结恍如我的牙疼，软刀子一般切割着神经末梢，无处不在。我与他们的关系就是有事聊两句、没事绝不干扰的那种。一旦在饭宴上几杯猫尿灌下去，彼此看起来很铁无话不谈，互相打趣臭对方却也有一份活在小城的滋润和坦然。

　　巷子南头有家炒饭摊。摊主是我同学的弟弟，面相起码比我年轻十岁。我听他娇小的老婆说，孩子在江西上大学。每次我吃不下食堂千篇一律的饭菜，大多是蹩进这家炒饭摊，招呼一声，摊主立即应诺，手脚麻利地将鸡蛋搅成糊状，在大铁锅里翻炒几下，然后倒进一些青菜碎末，一些火腿肠碎丁，再是一碗熟饭倒进去。这个过程不超过三分钟，锅铲和铁锅碰撞的叮叮声，带来一份幼时乡村黄昏晦暗不明的记忆，仿佛夕光在洗刷沉重的西山，炊烟跑上树梢，而他家的几只鸡却聚聚拢拢地站在门槛上……这个男人老家在五河镇东园组。那里是戏灯之地，高腔之地，令人神往。他对我说过几次现在炒饭生意稀落，想干点别的什么，但一直也没见他转换行当。某年腊月有一段时间他跑去山东（抑或山西？）学一个手艺。手艺的名堂我忘记了。反正也不是什么大手艺。也没见他从此折腾在新手艺上。这一段他仍然和老婆守着炒饭摊子。我也没问。就像一颗小石子投在了池塘里，溅起了一丝他才看得见的涟漪，旋即平静。百分之九十九的人不会关注、好奇。他还是他，生活就是这样的枝条，偶尔旁逸斜出了一下而已。

去年暑季发现的美食之地，在岳西饭店大院，充满煎饺的香味。一溜儿排开五个大型铁皮桶，桶子上面三分之二处被改造成煤气灶，桶顶部置放大平底锅，火焰呼呼，饺子慢慢煎得金黄。这里只有永恒的老两样：煎饺和稀饭，但老中青少咸宜，每天早上要卖出一二十锅。表皮已然焦脆的煎饺，咬开来，蹦出鲜美的肉馅，颤动着，像被封锁的悸动的青春。

六十多岁的老板大妈，却像一本厚厚的皮纸捻线合订的家谱，有一张弥勒佛似的大饼脸，我给了钱，有时她会迟疑，给了没？也许看起来我很面熟，但她不确定我给没给钱。我把微信支付翻给她看，她才"呃"一声。等到春节放假从老家返回，正月初八，初十，十二，直至十六，那家煎饺店大门上仍旧贴着"家里有事暂不营业"的告示。一直如此。后来我忍不住询问大院住户，云女老板脑出血之类已住院。因为吃煎饺我们其实混成了熟人，虽然她记性像繁体字一样不够顺畅。希望她泛黄的纸张一样的身体，能继续延续诸多食客聚群而吃的源起和过往的脉络。显然这难以实现。"岳西饭店煎饺店"搬迁到了文体广场里面，原来的帮工摇身一变成为新店主。新店主的男人是个大胖子，有些木讷，言语不多。慢慢地，我们又会成为熟人，那个健忘的老太太终究会被他和新店主替代。

四

某个时段，我对淮南人的牛肉汤抱有十分的热忱。牛肉汤完全可以做一支惊天动地的歌——《淮南牛肉汤之歌》，曲谱里充满夏天的燠热，歌词以短促、尖锐为美，比如"牛肉——牛肉，汤噢——汤——"，旋律里有乡间货郎"针头呃——线脑，鸭毛呃——换雪花膏"式的诱惑和古声，其尾音必悠长，从喉管直入胸腔。换气，又从喉管里徐徐吐出。牛肉汤的大味在于汤浓醇鲜，味足味厚，清透鲜美。好的牛肉汤里必藏有大棒骨，待牛骨熬成白汤后加入干红椒、花椒、姜等作料，盛汤时添加已经烫熟的粉丝和煮熟的牛肉片，然后放上香菜、蒜末拌开。对于香菜我深恶痛绝，对于蒜末和葱段我情有独钟。没事时我瞎想若干年后，在古旧的院落，斑驳，喑哑，个别房屋的晒楼与屋顶上的戗角都塌了，墙头瓦楞间还长了杂草，屋檐下堆着石础、条石、门枋石。我们一家人从远方城市归来，理锄开荒。院落清朗，有陶器之色。我从院子角落搬出一口大缸，清洗几遍，釉色开始明熠灼亮。窗外适时传来牛贩子卖肉的叫嚷，我的子孙们很快围上去，用尼龙袋装回几刀鲜牛肉和大桶骨。大狗跳，小猫叫，柴火熊熊，大缸里的牛肉汤"噗噗""噗噗"，香气转折，从院门溜出，连通村道，在村子的燕巢、蛛网、竹叉、竹笼、黑白鳞瓦之间歇脚。第二日清早，汤成，于是光膀子开唱，"牛肉呃——牛肉，汤噢——汤——"，万物仿若往古，木瓢舀起醇浓白汤，注入一个个青花大瓷碗中……像洪荡的激流回到平静的内心。

五

日头沉落。巷子里根本看不见日头，只有昏黄的光线笼罩。夕光缓缓挪移，又铺向巷子旁的剧团。破败的木板楼。五六十年前的木板楼，踩上去有一种阴郁而危险的木质"咚咚"。半个巷子的门面属于剧团，可见当年剧团的辉煌。剧团以前演出黄梅戏，现在改名"岳西高腔传承中心"。岳西高腔为国家级非遗，源自江西弋阳腔。弋阳腔是南戏四大声腔之一，元末明初迁徙到安徽青阳，摇身变成青阳腔，又被四方浪荡的手艺人、生意人、读书人带进山深林密的岳西，从此扎下根脉，和土语方言、吴楚风俗、民歌小调勾连，成为岳西高腔。它繁衍的主要地盘，一个在我老家白帽镇，一个在五河镇。但我们早已错失了围鼓坐唱的光阴，那些高腔艺人只能在手抄本上虚妄一唱。白帽镇的高腔班子，只剩一些古旧抄本留存；五河和田头的两位老艺人，都八十来岁了，照片里的姿势显得寥落、倾颓甚至木然，干瘪的嘴巴"咿咿呀呀"出戏文里的悲喜。

他们就在戏文的悲喜里一辈子。因为工作关系，传承中心我去过无数次。每次踏上木板楼，干燥和朽木味悸动如一首沉寂之诗，阴影摇晃。我知道木楼里一个姓汪的退休戏曲研究专家，他虽蛰身其中，但心怀白云，昂藏一生，默默专注于黄梅戏和岳西高腔研究，返聘后一页页高腔手稿堆聚恐有人高，几年间出版研究文集百来万字。老来他是享受，木板楼的"嗒嗒"倒有非常的风雅。一人高的手稿就是睥睨天下的风雅。

去年曾两次去得青阳县，可惜未能赏眼青阳腔，一直惆怅，就仿佛家谱里散失了某个熟悉的名字。

木楼下的戏台积满蛛网，恍若老美人的惊心流逝。十多年前，我在乡下教书，周末到剧团帮忙挑选表演茶道的"七仙女"，一台子莺莺燕燕。七仙女据说换了几茬，其中一个被做茶叶生意的老板再婚娶了去。某次我在某茶行办事，见了豆腐西施一样施施然坐在老板椅上的她，她已不认识我。三十多年前，我才十来岁，刚到县城师范读书，周末曾逃票到这个戏台看黄梅戏。大幕拉开，小生花旦真是俊美，举手投足都是牡丹玫瑰。其实那时我不懂戏，只在乎跷兰花指的纤手，和丑角煞白的鼻子以及阴阳怪气、夸张的姿势。演戏的美人的确在流逝、流失，戏台像一棵焯干了水分的巨木，遍身嶙峋沟壑纵横。演戏的美人已是老美人，街上偶遇，或者在乡下的舞台上她们送戏，卸妆后的真相叫人恍惚。她们依然是台柱子，四五十岁了，剧团三十年几乎没有添置新人。有的近六十岁，跻身广场舞大爷大妈和民间班社中间，依然孔雀开屏般骄傲地领舞，或者编导一些半新半旧半原创的新戏，混江湖似的走村串户。

六

实验小学的喇叭挂在哪里始终不得而知。也许藏在某棵梧桐的枝丫间，也许躲在教学楼前的某堵高墙拐角，却总像喜鹊一样喳喳不休，在天地之间游荡。偶尔耐不住寂寞，会被一阵花香送到南巷口，里面装满喜庆儿歌、童音朗诵、老师吆喝，以及课间操千篇一律的"一二三四"。在飘过马路时，我担心汽车的尾气和嘶吼，电动车、摩托车轮的摩擦，行人匆忙的脚步和戾气，会不断消解掉儿歌、朗诵童音的纯正，也许它要绕好多个圈子，方才将饱含童年气质的一所小学搬运到巷子。有时候我踱到南巷口，和开锁配匙的五十多岁黑脸老师傅有一搭没一搭地闲扯。混熟了我称他老黑。老黑爱坐在一只油晃晃的小马扎上，身子歪斜，自在自得。这只马扎蹲在人间多少年头，我没问询，也不需要答案。老黑的铺子很小，像被凉皮和牛肉汤铺挤成了一把面筋，铺子里全是用铁丝串起的或生锈或黄亮或银闪的新旧钥匙，旁边有一架手工配匙机。忽然我感觉巷子就是一把庞大的老锁，老黑就是古老的看门人，小学校的喇叭声是不是一把特别的钥匙？这根流动的钥匙将喧嚣的市井和一所小学奇妙地羁绊在一起，仿佛内心有巨大的喜悦，奔流不息。我设想这是一把钥匙形的木船，老黑在摇橹，我独坐船头，迎面一个个店铺恍若河流两岸的公社老式建筑、行人。

左岸：糖果店里，大白兔奶糖、橘子糖、双囍糖、花生牛轧糖，一角钱三颗，在孩子眼中轻轻颤动。旁边的冷饮柜一到夏季就发出隆隆的欢鸣。冷饮柜上的黑板写着：冰砖一角、汽水（不连瓶）八分、奶油棒冰五分、赤豆棒冰四分。女店员一次次掀开盖子，怒气冲冲，而孩子们趴在柜沿盯着，赤豆棒冰寥寥无几，冰砖和奶油棒冰热闹地挤在一起，汽水呢，喝几口就打饱嗝。看什么看？一个模子做出来的！女店员不耐烦。当时我撒撒嘴舔了一下舌头，我想吃大白兔，想吃冰砖，哪怕是牛轧糖里的一粒花生也好。似乎是，最后什么也没吃到，心底里却有冰凉的快乐……

右岸：爸爸，炒板栗！妈妈，凉粉！扎羊角辫的顽皮女孩花枝招展，在巷子里蹦蹦跳跳，一路扫荡，爸爸斜背着书包，妈妈一手牵着孩子以提防车辆乱行，一手拎着各式各样五彩缤纷的早点、零食。另一个孩子鼓嘟着嘴巴想吃露天烤炉烤出的烙饼，妈妈一瞪眼：不卫生！

显然我想象的是时间的左岸和右岸，一九八〇年代的记忆和现实的莫名交织。这不是逃离，而是前进。在饭点之外，剧团巷就是一条音乐缓流的河。音乐里的星辰、阳光把黑暗点亮。

七

现在我回到灰扑扑、略带油烟气的白帽土菜馆。每当我溜达到门口，心里便食指大动。十多年前，这个小饭馆还是一家大排档，档名则如同岁月积苔湮没了的陈迹，毫无印象。但那时每年夏季，我总会从乡下高中钻到县城住几天。几乎是每天晚上，这家大排档成为我和同学的午夜欢场。扎啤一小桶一小桶被提上油腻的方桌，花生米，炸黄豆，黄鱼在高温的铁锅里翻飞，金黄的啤酒咕嘟嘟快饮一杯，如同朗诵一首骄傲的抒情短诗，而白白的气泡奔腾像一首诗的高潮。我们要珍惜那些气泡，像世间美好的事物，得及时把握。

其实每个人心中都有个古老的大排档。

大排档简陋，便宜，正是我的首选。坐进大排档，满身浓浓的市井烟火气，老板亲切得像大哥似的，要几串串串香，要根油条，要吃鸭血粉丝，招呼一声，他一声："好嘞——您稍等！"稍会，喷香扑鼻或热气腾腾的滋味，将立马穿州过府，周游全身，鼻翼渗出微汗，通体透彻。某次在个小面摊，我不急着赶路，有若干闲心，眼观尘世，竟收获了意料不到的风景：乱蓬蓬坐满了人，逼仄的摊前也站满了等吃面的人，一个个火眼金睛盯着，在人家吸溜吸溜快喝完面汤的时候，就不动声色地站在边上，只等人家的屁股一抬，自己一屁股坐下——那热热的座椅一秒钟都没有耽搁。而老板娘显然不是温婉型的，粗声粗气似乎还有些不耐烦地问你到底吃什么，让你恍然大悟什么叫"酒香不怕巷子深"，什么叫"底气"。

有品的人在大排档是要讲究三从四德的。"三从"即筷子要跟从，舌头要服从，胃口要盲从。"四德"即美食要等得，掏钱要舍得，麻辣要忍得，吃完一拍屁股您走了但一定要记得。

叶广芩是我喜欢的一个作家，挖一挖她小说中的美食名品，多具备大排档风格，像《豆汁记》，莫姜老太太做的奶酥六品、熏肠、酸梅汤，像《采桑子》里提到母亲做的春饼，老五关警察局里还要吃马蹄肉末烧饼，坐禁闭要每天叫一套三鲜砂锅外加炸鹿尾，老姐夫的自酿酒和花生米、咸菜疙瘩，冬至吃的青韭羊肉饸饹，坤宁宫的煮白肉，谢娘做的虾米皮的炸酱面，《玉堂春》里的油泼辣子凉皮，《青木川》里的核桃馍。我因此觉得叶姐的小说断断不及那些颜色正、模样俊、味道香的小吃。叶姐行文有没落的贵族气，却不肯放下身板，傲着呢。

想必巷子里的诸多大排档，骨子里也是骄傲的，虽然皇后成了当街姆妈，人穷志却不短。我曾在南京的大排档吃过北京的名小吃——焦圈，炸得不温不火，金红脆薄，夹在层次分明、芝麻粒盖面的芝麻酱烧饼中，就着喝几口热豆汁，对嗜好者来说，真有销魂夺魄之感。转念一想，大排档就在蓝花海碗中噗嗤噗嗤地翻腾出赤子情怀——一个男人味蕾永远的原乡。

八

曾经有段时间熬夜后，早上我热爱的是吃面，养胃。

从北向南走，记住了，第二家小面馆！馆主是对下岗夫妻，阜阳人。面有纯手工的，有黏合的刀切面，还有机轧的。调面料不过香菜、葱、蒜、香油，佐面的除了酸菜，还有切成四方小块的豆丁。嗯，最好的是豆腐丝和肉丝的合作，我觉得是绝配。豆腐丝是绵软的香，却有筋骨，很考验火功；夹拌的肉丝，有点脆脆。豆腐多肉丝少，用个烂熟的比喻，吃进那星星点点肉丝，恰如在少年时，起伏跌宕的恋爱中遭遇伊的浅吻，出其不意的突兀和释然后的惊喜。恋爱是个奴才活，女主角的一颦一笑，奴才跟着遭罪。

这家面馆的对面——和平饭店，常见贩夫走卒，俊男倩女，三教九流，济济一堂。我经常会叫上一碗青椒肉丝面。生青椒难免夹缠一份青涩的菜蔬气，若拌上肉丝炒，火候恰当，青涩就会慢慢褪掉——如同十五六岁的小姑娘长到了二十一二，心性渐沉稳，天真亦未脱。若青椒炒过了头，那就是二十七八的熟妇了。

吃面时，还得有一份辣。只要辣椒熬制得好，辣得够劲，挑几滴稠厚的辣椒油，拌上香油和芝麻，便把一碗面吃得目不斜视。

冬天的夜晚，爱和朋友坐在巷子中间的"高朋酒馆"。文火舔着锅底，锅内沸腾一片，一半是海水，一半是火焰。仿佛整个大别山、整个岳西县的山水，都从锅沿上袅袅升腾，戏台子上诸葛孔明轻摇羽扇，拂去了上面飘忽的水汽……红油的冷艳，抑制不住辣的热情。辣，不容商榷，毋庸客套，不知不觉从每个毛孔呼啸而来。一滴晶莹，从食客光洁的额头悄然地滑落，面颊上尚有麻乎乎的痕迹。似乎刮过整个剧团巷的寒风，都已经在热腾腾地向春天靠近。

酒意恍惚中，我似乎踏进了东头的岳西饭店，那个建了六七十年的老店，陈腐的楼板，被旅客的鞋底磨得褐亮，十九岁时的夏天在那里我曾有一场莫名其妙的聚会。如今住宿费依然不高，三五十元而已，进出的多是乡下人、回乡的民工。在西头则是"教工之家"，现在改为隆兴宾馆。一楼出租，卖意尔康皮鞋，卖各类蛋糕。我在乡下教书时，偶尔出差到县城，第一选择就是在这两家食宿，因为实在便宜。

哪怕满脸风尘，心有浮尘，但巷子里一直浮动着米香和酒香，那是尘世的香气在安抚人心。糯米粑，毛香粑，年糕，米酒，腊肉，板鸭，一季季，一日日，饮食的香气洋溢到骨骼缝里，就像唤醒沉睡的草木，喊醒一只刚从母腹中诞生的羔羊。在巷陌，专注的老食客更像羊群在安静地吃草，心怀饱满的仪式感和魔幻感。美食成全了一个普通人的神性。我觉得一个真正的食客就是一位小神。他们眼睛微闭，细嚼慢咽，既品尝食物的真味，也是对自己安静内心的一次温柔呼应。

请允许我坐在清晨或黄昏的巷口，倾听各种野性的吆喝，看着掌勺的老板和食客，动作敏捷、流畅。想起即将面对的美食，心中就绽放着幸福的菊花。饱餐之后，一种辽阔的慈祥感油然而生，冲动地想送给孩子两倍的零花钱，吵架的两个女人也不显得那么恶毒，甚至想对世界打个响指。然后，仿佛不是沿着嘈杂的马路上班下班，而是漫步在春天的琴键上。

暂　坐

园中很多白车轴草，随意儿撒在坡间隙地，花朵儿就长得到处灰白青绿，几不可察的小蜜蜂骑在花蕊间，或许有采蜜时振翅的嗡嗡演奏声，但乐器的丝弦实在太小了，我完全听不清音乐的走向，它在无视一个旁听者的孤独？路边，几十棵金丝桃，瓣丝还是一年年的细而绵长，去年我在这里所见也似乎如此。微风吹处，几百个花瓣挨挤点头你亲我侬，神态各有异趣，一些被夏光催老的瓣丝尚悬垂于花下，金穗一般柔弱。左边的天人菊，长长叶茎顶着迷你版小向日葵，黄瓣中簇着一团深红，像极了童话中小姑娘，徐徐挥动的五彩小帽子。

忽然一只短尾鸟，在白车轴草间蹦跳，我很想拍好她的美妙，她睃了我一眼（不能确定），一下子飞到了林间高树。几只鸟同时叽叽喳喳起来。

昨日端午，下了几场暴雨。半下午初晴，在园子转了一圈，偶见有老太太手拿艾草，缠成人状。《荆楚岁时记》载：五月五日，四民"采艾以为人形，悬门户上，以禳毒气"。艾人，又名健人，多用于悬门户。宋人又称它为豆娘儿，宋无名氏《阮郎归·端五》："门儿高挂艾人儿，鹅儿粉扑儿，结儿缀着小符儿，蛇儿百索儿，纱帕子，玉环儿，孩儿画扇儿，奴儿自是豆娘儿，今朝正及时。"其中端午风情，诸般物事，如晴日暖风，百花莺声，难可名状。晚饭后，又和家人绕着园子转了一圈，一家人喜乐吉祥。

　　现在我在数火车，砀山梨，骆驼奶，青花郎，各色广告一晃而过。不再是绿皮火车缓慢刺耳的咣咣声，而是嗡呲嗡呲一瞬间就飞闪向异乡。这里距合肥南站很近，火车声是日夜的伴奏，那些外乡客，旅途中并不会过分关注一个小坐在城市公园的男人。我在数火车，一台，两台，三台，四台……安静的早晨，我想是回转到了懵懂美好的少年……

虎形记

　　虎形的油菜花开得略带浪荡，山田中去年的稻茬约莫半尺深，枯败而色泽灰白，不经意田土上竟冒出一层层小绿。绿意是很淡，却有几分绵绵，绵绵不绝。许是前几日冷湿下了雨，又或是上头挖机在给新建的民宿挖土，溪流涨大了些，微有混浊。溪边不远处的洗衣妇在捣衣。这是难得一见的古景色，如今几乎也没人在河畔捣衣了。捣衣只在山里，或者南方之南（江南?），纯净的山水和老画中。也没什么遗憾，前尘而已。溪边坐一个钓客，纹丝不动，似乎自己就是肉质的钓竿。他身边三三两两红男绿女，在一堆卵石上撒欢。待久了，钓客偶尔动动身子，溪水似乎也颤抖了一下，一条溪就被这些人弄活了。山里就是这样，晨昏寂寂，不知其所来，不知其所终。来时我经过新结对户王业华家，是第一次见面，自报家门，他热情地散烟。这是个精干爽朗的老人，儿子在浙江丽水做项目经理。以前承包过车队。我们边抽烟边闲扯，小楼房在我和他背后，门前有葱蒜之气，一畦畦溢出来。然后我往更深的山里走，去结对户杨全友家。靠山，很高的山，费劲抬头看最上面是老树，各门各类，也叫不出名字。之后是悬崖，特陡峭。再下面有好几畦菜地、茶园，山脚，田堤边角，摆放了几十箱子土蜜蜂，几万只蜜蜂飞来飞去，嗡嗡嗡，金晃晃，并不觉得可怕。真是好天，天色很蓝，哪家的牛哞了几声，河对面人家的电锯似乎在咬啮松木，呼哧呼哧，松香被阳光弹到了天空。电锯声像一排排五线谱，那些下乡搞批发送货的车子，那些防疫值守时看抖音的妇女，那位目不斜视读报纸的颇为骄傲的杂货店主，以及，摩托车、电动车、黑色白色红色轿车，间或有从村部探头出来的村民，乳娃的啼哭，都像五线谱上守规矩或者捣蛋跑调的音符……现在我站在村部大门口，正对着"某某婚庆"背后的大山。不见山色，只见漫山竹色青黄，无风自动，有风，也动……

欲　飞

十月中，在半山居饮茶，风来饮，夕光来饮，月色来饮。

半山居居半山。半山好，花半开，酒半醺，日光半照，邀风来扫，月色来扫，剩下都是斑驳的影，疏影多横斜，有溪水叮当、月上树梢的意趣。一群人，青阳人，潜山人，岳西人，影子如茶瓣，落在偌大的来榜镇盆地。秋气清寂，亦有花影、鸟影、人影、树影，所有的影子晃动起来，是一杯茶牵引一条秋溪的晃动。茶杯里似有清淡人影走动，是谓茶人。

茶人瘦。茶亭中竹瘦，风瘦，雨后黄花瘦，秋来万物均清减了几分。

明前茶也瘦，雨前茶则渐渐丰腴。想来春日的半山居是雨前茶，一山斑斓空翠，山花浪荡，在风里醉得东倒西歪。宋人黄庭坚有诗：

花上盈盈人不归，枣下纂纂实已垂。

又云：

仰看实离离，忆见花纂纂。

说不得道不明的旧影陈迹，盈盈离离纂纂。看过黄庭坚行书《花气诗帖》，中年笔墨却有水流花开的少年气。"风前横笛斜吹雨，醉时簪花倒著冠。"（《鹧鸪天·座中有眉山隐客史应之和前韵即席答之》）十年前读来一时惊诧，颇合我意。

这几年我白发渐苍然，已无簪花心事，心境多如苦茶。

这一段太忙，也没心思品茶。

这一段也没闲绪，去看一座山，去访山问仙。

黄昏的半山居是红茶。夕阳金红挂在山头，夕光照在半山腰的木屋上，流光漫漫。

早晨的半山居是绿茶。早晨的风清爽爽，略带寒意。是秋意，也是春意。

我喜喝红茶。

今日霜降，庭前草木落黄，忆得半山居一晚，曾梦里恍惚：一山树，一山叶，一山乱石鸟啾，如茶人数十，宽袍大袖，肉身清癯。

以天地为壶，捉箸举杯。兴至酣处，双臂生了翼，欲飞，欲飞……

入　户

山中松影入户，柏影入户，一段段的鸟声虫籁，次第入了户。

晾在窗台上，依稀有梦的爪痕。月亮肯定来探访过，山里的泉水如跳丸，何时蹦到了窗边树上，变成悬垂的露珠，似小鱼静伏在梦中。

户外小溪白亮如银线，蜿蜿蜒蜒，皖西南的夜都是如此白亮。

天空幽蓝，星子有好几粒，摇摇欲坠。

在板仓，夜晚的意味是一点一点深的。草丛，灌木，阔叶林，都屏息静气。静气深了，有时会被一声唔嚎的兽语惊醒。旋即，静气更深。

倚床翻书，一阵从宋朝来的风，入了户。

把蘸满虫鸣的松柏影折下一枝，寄给苏轼，寄给承天寺。

中庭月色如积水，如户外小溪，一夜白亮，夜夜白亮。

龙潭记

　　初秋入潜山，见了七分秋色。山里秋色清奇，亦有春色的娇俏，随山色赤橙黄绿肆意变幻，曲里通幽。曲里通幽之外，又是明明暗暗的山色种种、重重，空山层层荡荡，在胸次间空蒙回环。

　　九月好天，如小阳春，阳光潋滟。阳光打在车窗上，车窗里映出一车人的影子，斑斑驳驳。阳光好时才有斑驳的层次。山里的阳光带有草木气，披挂在身上如铠甲，守护人心。

　　车过余井镇，未见长春湖，但有一路苍翠，像被辛劳持家的农妇，从水缸舀到了一幅蘸浓的油画里。

　　车过龙潭乡，一片久违的苇荡，秋色的层次不甚分明，颜色驳杂蓊郁，似是混杂了十万亩的颜料。

　　龙潭乡在天柱山北门之下，沿路的柳树桃树栗树。柳树。桃树。栗树。柳树。栗树。桃树。枝枝杈杈间，晃动古老而年轻的漆蓝，烁光熠熠。那些青枫，枞杉，彼此簇拥，捭阖纵横。

渐渐是竹。有些衰黄，有些深绿，有些与其他灌木乔木迥异的激荡。这种激荡还潜藏在内部，而非广为人知。但不仅是一棵两棵三棵五棵，已经族居群聚，像天空的印泥掉落偌大的一块。风还没吹来，若吹来了秋风，往深里一定是竹海涛涛，一种南北过渡地带呈现的变形、战栗的莫名韵律。

龙潭拥有我沧桑的初始青春记忆。少年的脚迹曾在竹海间跋涉，迷茫惘然。我一直以为有龙潭，蛟龙飞升，溅起无边白浪。少年就是梦幻的白浪。

路边人家，丝瓜青长，毛茸茸的藤蔓探出朵朵蕊黄。那些瓷砖砌就的乡村水泥白墙，被经年的雨水日头侵蚀得驳黄半黑。大门有一联，大红不减：

向阳门第春常在，积善人家庆有馀

墙上挂了红红干辣椒，和春联同辉，可为积善人家注脚。

往左拐是万涧村，有古戏楼、齐云道院、杨家祠堂，我去年曾游过半天。但车子顺溜儿往右一拐，拐到了槎水镇的路上。

群山遍生竹林，一时间秋意荡漾，又穿行在竹海合围的喧杂汹涌中，目标：一个古老的时光盆地，塔畈乡。

妖　气

　　樱桃熟了，红果粲然。这是春的气象，冶溪河的风吹得山里红一片，青一片，绿一片，蓝一片，肥美丰腴一片，红红绿绿紫紫白白粉粉黄黄。暮春的风带有强烈的肉感，似乎妖气炯炯，那些古树还在河边，树上有种种乱啼的鸟，飞一会东，飞一会西，山色水色随之流溢。

　　金黄的油菜如大妖，喷涌之液已然融入大地，踩在田亩间，酥酥簌簌。联庆村的莲荷未开，还是花苞的点点初萌之态，但小家碧玉型小妖的意思已在。

　　情侣树下，杜鹃海中，一行中年女人，妖精一样，欣欣跃跃。她们活得妖精一样，也许几百年，都是元气饱满的妖精。妖而不乱，妖而不冶，是妖精的大境界。《山海经》里，说到上古十位妖女，均弱柳扶腰，美艳不可方物，但法术通天，行善者有，作恶

232

者有。

《大荒北经》载："大荒之中，有山名曰北极天柜，海水北注焉。有神，九首人面鸟身，名曰九凤。"说的是凤凰，第一本领是"能吃"。《西山经》云："又西二百二十里，曰三危之山，三青鸟居之。"青鸟女妖，仿佛是为情"殷勤探看"。

花妖多柔弱之态，多美丽动人，"风动花枝探月影，天开月镜照花妖"（明人唐寅《花月吟效连珠体》之六），有莫名之妙。志怪小说《集异记》说到一位书生夜宿寺庙，晚间散步，在花丛中遇到一位美女，容貌清丽，谈吐不俗。临别之际，书生将自己的白玉戒指赠送。书生再回此地时，却遍寻不见女子，行至花间发现一株百合格外清雅别致，枝上居然挂着白玉戒指……

古籍旧事渲染得好，比如封神榜、聊斋，也不全然是坏妖。好妖亦有冲天妖气，妖媚生成，乃内功精湛粲然。人活一世，草木一秋，身边的女人妖妖，也是人间好景。

乡内有个微信群，群名七妖八怪。年长为妖，年稚为怪，普遍妖而不怪。七个妖，八个怪，嘱我写篇小说，须将她们描摹如西施，美丽百年，喜事乐事伤心事，都不算个啥事。挂怀无碍，念头通脱，三四十年的小妖也会成为女神。

今日老婆生日，作此礼赞小文，天下诸女妖同喜同乐。

吃了几颗冶溪的樱桃，酸甜可口，犹如年轻时，夫妻卿卿我我，吵吵闹闹，是热闹，是情爱。人过中年，情爱变为情义。有情有义，朴素中蕴大道，也是妖怪成仙的应有之义。

草木恩惠

一

人，草，木，都是自然的恩惠。

草木的抒情方式很特别。比如香薷，如果落在含铜量高的地方，一定花开偏蓝，茂盛。年轻时路过邻家门前，那里一簇簇的香薷，我偶尔会低下身子，轻轻抚摸她，因为看了些琼瑶小说，不免想象它是贪恋红尘情爱的天界仙姝，被贬为凡间一棵草。它的爱，深埋在了地底。根须柔弱，却忍不住要使劲往地面上挣。它的蓝，实在是含了太多的忧伤！

它的俗名是铜草花，却有村姑的质朴和坚强。

草木就是这样，在一双中国眼睛里，都有情有义，神性盎然。

看锺叔河的《儿童杂事诗笺释》，周作人的成诗手稿，大漫画家丰子恺配的写意毛笔图，加上封面极有古气，互照生辉。里面《果饵》一首状江南风貌："谩夸风物到江乡，蒸藕包来荷叶香。藕粥一瓯深紫色，略添甜味入饧糖。"充满童趣。

南方食物我最爱藕了，有得看又有得吃。填糯米上锅蒸，切片蘸糖；滚刀切和沙排入砂锅煲，老汤鲜甜；磨成藕粉点桂花、合红糖，便是盛夏的滋味了。怎么吃都合时宜。

小时候另一趣事是摘下堇花的花萼嗍它的甜汁，其实并没有多甜，但这样一个接一个摘了嗍，嗍了摘，总觉得乐趣无穷。这样不大的甜头滋味如今已在记忆中变得悠长，一旦遇到故人故事总会不期然地蹦出来，在读《果饵》时这诗也仿佛浸着旧日甜香。

闲暇了，我喜欢走出县城，去郊外的林间漫步。落叶沙沙，在微风中伸展，仿佛一个低音部。我喜欢花蕊在吸取阳光，草丛间飞虫在蠕动。我喜欢格物致知的乔木，挺拔，傲然。对，还有藤蔓，弯弯曲曲的，触须像一个肉质的微型弹簧，起落的昆虫是它的按钮。自然的一切交织在林间，显得调皮、机敏，让人有一种开怀的跃动。

而草叶是大地肌肤最柔软的组成。我曾任教的高中校园背后的小山上，南坡是面草坪，碧油油的，黄昏时常有学子在那里读书、嬉闹。草的柔软，只有赤脚才能体验那种深度。但是要体验柔软的细腻，你的脚步必须足够缓慢。你轻轻地踩上去，有点怜惜的意味，否则草尖会使你刺痒。慢慢地，柔软会沿着脚底向你的心脏乃至神经末梢蔓延。这是考验耐心的过程，犹如恋爱。

老家的菜园子，母亲种了许多丝瓜。暑期携女儿回乡，晨昏我们就在园子里流连。那些柔韧的、碧绿的、牵牵绕绕如一根神秘的绳子的瓜藤，藏着怎样的灵性和巧慧！触须触到什么就攀住什么，瓜蔓不遗余力，每天都伸展一两寸。如果刚好你有闲心，把手指伸过去，它会在很短的时间弯曲自身，准确地钩住，缠绕一周。丝瓜是聪明的、灵动的，还有什么植物会在极短的时间里极快地调整自己，把握时机，借势生长？

丝瓜的藤比冬瓜的细，丝瓜叶也少了南瓜叶的粗粝。别看丝瓜比它的表姐表哥们纤弱，却比它的表亲们勤下功夫，花开满架，瓜也就结满架，不辞辛劳，一茬又一茬不停地开花，也就一茬又一茬不停地结瓜，天天吃都不见少。有丝瓜在，你就不愁吃什么菜，抬抬手，扭下两根，嫩嫩的水包肉、肉包水，焓了吃，炖了吃，炒了吃，烧汤来吃，想怎么吃就怎么吃，细滑柔嫩，味道口感皆非一般。吃不了的就让它自然在架上长大，待冬天取了瓜络搓澡、刷锅，搓澡不伤身，刷锅不沾油。

真正喜欢草木，也就是近几年的事。可能是年龄的关系，渐渐体会到热闹繁华之外自然界那种写意之美。这种美，是一点一滴地渗透着的，仿佛深厚底蕴下涌动着的狂澜不惊，更是一挂瀑布下的深潭，吸纳了一个人的前半生。

犹如茶，淡淡的，绵绵的，但浅浅一抿，可慰肝肠。

二

仁心，慈心，草木心。

陕人贾平凹，文坛老狐仙，在《祭父》文中，写到院子里有棵父亲栽的梨树，年年果实累累，唯独父亲去世那年，"竟独独一个梨子在树顶"。无独有偶，章含之在回忆乔冠华时说，一九八三年，乔冠华逝世，次年春天，院子里其他树都忙着开花，唯独老梨树光秃秃，一朵花也不肯示给陌生人。

"但求同死"？草木无言，却胜过多少口蜜腹剑。

《聊斋志异》里有篇《橘树》，写人与树的情谊：陕西刘公做兴化县令时，有道士送了棵小橘树，细得像手指头，他不想要，但六七岁的女儿喜欢、呵护。等刘公任满，橘树盈把，刚开始结果。刘公不想把树带走，女儿抱树娇啼，家人骗她说只是暂时离开，以后还回来。小姑娘怕别人偷橘树，亲自看着它被移栽到阶下才离去。等姑娘长大，嫁人，丈夫赴任，恰好做兴化县令。"橘已十围，实累累以千计。"原来，刘公走后，橘树只长叶不结果，这是第一次结果。连结三年，第四年，"憔悴无少华"，"夫人曰：'君任此不久矣。'"。到秋天，果然不当这县令了。

草木之心，也是感恩之心。欢聚首，伤别离，不仅仅是人。

古书里记载老子的老师，在临终时留下遗嘱，要求老子"过乔木而趋"，即路过老树要上前致敬。道理很简单，草木有灵性。大洋洲土著告诉我们，树木花草喜欢唱歌，它日夜唱歌供养我们，可惜人类有耳不闻。什么原因？频道不一样，它的频道播出来，我们的耳根故障，收不到。

习惯自以为是自高自大的人类，常常因为听不到看不到，往往认为对方很白痴很低贱。善养花的园丁，多在花园里放音乐，结果，花开得特别美，长得特别好。所谓投桃报李吧。

云南诗人雷平阳，诗文俱佳，大命题是："原本山川，极命草木。"

善待草木，以心察之，浑然一体，汪曾祺的"花园"才格外与众不同："那棵龙爪槐是我一个人的。我熟悉它的一切好处，知道哪个枝子适合哪种姿势。云从树叶间过去。壁虎在葡萄上爬。杏子熟了。何首乌的藤爬上石笋了，石笋那么黑。……波——，金鱼吐出一个泡，破了，下午我们去捞金鱼虫。香橼花蒂的黄色仿佛有点忧郁，别的花是飘下，香橼花是掉下的，花落在草叶上，草稍微低头又弹起。"在这里，花，鸟，草，木，人，谁辨得清？虽然汪曾祺先生一生多写"掌心里的美"，但有此心态，倒是把生命之境抬高了几层。

日本作家珍重万物，认为草木有人格，而人，不过是行走的草木——人和万物是平等的，不分灵愚，休戚与共，情感相通。不难看出，这种哲学底蕴是老庄的，几乎与"刍狗"论同出一门。

在自然面前，无门无派，都是兄弟，舐犊情深。

三

花乱开，这个句子里有五分喜气。

喜气是跳脱，不是泼辣。红辣椒之味是泼和辣，直逼舌头生疼鼻尖冒汗；若谁画一幅红辣椒之图，挂在乡间门楣或土墙上，则是喜气。再比如，有喜气的人，开口前就是一笑，即使他的要求比较过分，你也不忍心拒绝。

花乱开是喜气的事。前几天去乡下踏青，遇到粉色的杏花。想到杏花，心里一酸，好像青杏在嘴里翻转。杏花不是乱开的花，排队似的，站在枝头，一层层，一叠叠，风一吹，也就是微颤而已。这类似中年心态，哪有许多时间心乱。后来我们赶到山坡，荆棘和藤蔓交错，几片绿叶里，突然钻出一朵花。左一朵，右一朵，纵的，横的，藏一朵，冒一朵，低俯一朵，枝尖一朵，摆出各种妖媚或婉转的姿势；有红，有蓝，有明黄，有淡黄，有欲开未开的蕾；香气也横七竖八的，草香，花香，新泥香，夹杂腐殖质的异味。我觉得它们大多是激动了。因为激动，喜气加了两分。那天我收获了七分喜气。

案头有本《花乱开》的画册，作者"老树"。第一次在网络上看"老树画画"，一个苍白的人，着长衫，立在枯树下，树上蹲一只鸟，树下倒一个酒瓶，名叫《明早儿酒醒何处》。人背着一只手，歪头，与鸟和树一起呆立，欲说还休的样子。

他还画过一掐苋菜，红绿交叠，都是极俗艳，然而在纸的一角，却有了几分清淡幽远。苋菜是极俗的东西，偏偏当作牡丹来画，且题诗云："小园收成聊可夸，到处都是老丝瓜。篱前不曾种黄菊，苋菜亦可看作花。"天然，谐趣，大胆，类似文人小品。

另有一幅雪花莲，是园林道边常见的小花草，绿叶白花，层叠错落，仿佛《燕子花图》——日本江户时代画家尾形光琳的名作。

老树这个网名好，记得有个作家叫老村。老村是檐水滴答，黑瓦脊，浮鸭子的池塘，水墨一般，适合缅怀；老树是见微知著，是虬枝乱舞，是老牛吃嫩草老树开新花，所以老树的画里，不委屈自己，是花乱开，想开就开。

我有个朋友，见不得别人的水仙开得饱满，开得早。她家的叶子，"嗖嗖"蹿得像蒜苗，花苞却干瘪，简直脸上无光。花开的日期要应景，马上过正月了，水仙还一副青涩，她就暗地里较劲，白天抱着花盆追着太阳光跑，晚上放在灯下烘。遇上暖冬或者时间没算准，花儿在年前就迫不及待地开了，情急之下，只好把水仙连盆蒙上塑料袋放进冰箱"缓一缓"。

种花最重要的是开心随意。以前有位同事，人家送了他一挂吊兰，他顺手抓了几把土就把它埋进破脸盆里。没见怎么用心，吊兰却藤蔓纷披，到夏季开出了串串香花。我们觉得意外，他却得意扬扬。破脸盆不美，但他养的吊兰和闲散的态度真让人羡慕。前些年，我老岳父家的邻居，是个归来的台湾老兵，在四季如春的地方待惯了，阳台上红红黄黄，满是花。起先觉得俗，后来慢慢理解了他的审美和乡愁。

太拘束刻意，人和花都辛苦。花乱开最美，尽兴就好。十分喜气。

四

蔬是清气，笋是鲜物。

以前我不喜欢吃蔬菜，蔬菜里含了太多草质的青涩和粗糙，哽在喉管，咽不下。以前心思遒劲，热爱火锅，七八人十人围炉，均咬牙切齿，脸红心跳，热火朝天，七嘴八舌。

小时候爱笋。春笋的意味，在苏轼"人瘦尚可肥，士俗不可医"一诗里早已明确，若要不瘦又不俗，天天笋焖肉。人到中年，可参照《随息居饮食谱》，笋可"舒郁、降浊升清、开膈消痰"。食笋则是对生理的一次疏导。

蔬笋味，不常守老妻稚子者，欠缺了几分。这些年，经历了大吃大喝，大酒大肉，身体状况下降，返璞归真，觉得还是家里好。家里，餐桌上菜蔬为主，老妻劝吃，娇儿不服，我心里头其乐融融：无须减肥，此为减肥真方。

我有一个同学，当年的小白脸，现在的肥富粗，曾经吃喝时无肉不欢。他说，少年吃肉，青年喝酒，中年发福，老年慢走。谁料三十六七岁，摸摸肚皮，隆起如山峰，接着血糖血脂血压高得让他惭愧。于是发誓，从此黄昏散步，晚上打球。

散步是蔬笋味，打球是蔬笋味，悟道是蔬笋味。蔬笋是人生永远的况味。

一九一五年，李叔同三十六岁，应南京高等师范学校校长江谦之聘，兼任该校图画音乐教员，在假日倡立金石书画组织"宁社"，借佛寺陈列古书、字画、金石。二十四年后，南京高师校长江谦大师六十周日甲诗云："鸡鸣山下读书堂，廿载金陵梦未忘。宁社恣尝蔬笋味，当年已接佛陀光。"是年夏，曾赴日本避暑。九月回国。秋，先后作诗词《早秋》《悲秋》《送别》等。

李叔同的理解，比平常人早了几十年。

浙江有个嵊州，嵊州有个举人郑淼，字淼泉，后来剃发于永嘉头陀山妙智寺，法号灵照，曾写《答冒鹤亭》诗："随缘披剃礼空王，顽壳犹能自主张。我只爱尝蔬笋味，人偏疑恋蔷薇香。……耻学乡贤梅市卒，懒随丹士葛仙翁。爱佳山水来名郡，称老芝为作寓公。"

冒鹤亭即冒广生（1873—1959 年），近现代诗人、学者。一九一三年始，四十一岁的冒广生到温州，任瓯海关监督兼温州交涉员。在温州任内五年。冒广生关心地方文化，改建了当地的名胜王谢祠和诗传阁，又网罗温州文献，编成《永嘉诗传》百卷，还发挥其对版本研究的特长，刻印了《永嘉诗人祠堂丛刻》《永嘉高僧碑传集》。他有缘结识了灵照，并有书信往来。冒氏有诗赞颂灵照虔心向佛，称道照公诗文清丽，照公乃作《答冒鹤亭》诗以答。诗中灵照简略地陈述了自己对人生的看法，谦称自己道心和道力还远远不够，有负禅门宗风。这自然是照公的自谦之辞，但从中亦可见灵照豁达情怀，清雅，遒劲，余味深长。

我倒是觉得，蔬笋味与蔷薇香，其实并不矛盾。蔬笋有香，蔷薇有味，彼此交融，贵在香气馥郁。人无蔬笋味，脑满肠肥，大腹便便，粗鄙蠢笨。人有蔬笋味，则如春阳照林樾，黄鹂鸣树巅，习习生风致。

244

五

我要说的是喝茶。春江水暖，茶叶先知。老家里的黄泥坡，空气中冒滋滋的绿气，两三个朋友说去赴一场茶会吧。茶会，这个名字热闹里有份静气，就像新茶浮于杯中，欲起还沉。《金瓶梅》里开过茶会，市面上茶书也甚多，却很是寡淡，什么无我茶会，什么赵州和尚，作为谈资尚可，真要胡天胡地搞起来，总与作秀无二。茶叶搭台，经济唱戏，但台上的戏子总是那么几个，出身草野的茶叶应是冷眼睥睨的。

茶园大多建在半山坡。不要太高，高处不胜寒，起舞唯寂寞；太低了也不成，滚滚红尘会压得面红耳赤，似吃了兴奋剂。所以一粒新芽总是小心谨慎，嫩黄的，偷望春风，再戴上小珠翠，待绿个遍体，便忍不住绽开三五瓣新芽，邀朋呼伴，简直有些天真放肆了。采茶，一芽时最好，一芽一叶次之；倘谷雨之后，骨已硬，吃起来筋味有余，绵劲不足，乡里均以"黄道茶"概之。以前，我在西湖边散步，见一制茶人摆弄一级龙井，正是含苞待出时，龙井便含了嘉木之清香，抵得过浮生十梦了。

喝茶之道已成滥觞。我以为，隔而未隔才是种奇境。隔了，完全的物质主义，耽于流俗，孰可忍，则不可忍；不隔，一味讲究清洁的精神，但求完美，若放在显微镜下，垢藏的病菌会原形毕露，何况，世间事怎能不隔？隔而未隔，其中的道行不小，深深浅浅的意蕴，平平仄仄的腔调，浓浓淡淡的韵味，分分合合的情愫，那是只可意会不可言传的。

记得《红楼梦》里的妙玉，也只不过是栊翠庵里带发修行的小尼姑，泡茶的水竟是五年前在玄墓蟠香寺住着时收的梅花上的雪，存在鬼脸青的花瓮里，还要埋在地下，过了几个夏天才开瓮取水，泡上一壶上等好茶。

这人间富贵姑且不论，单单只那十几年光阴，仅为茶到醇时，被宝钗和黛玉喝出怡情快性，也算是清高过头了。细思量，妙玉在讥笑宝玉喝茶时说"一杯为品，二杯即是解渴的蠢物，三杯便是饮牛饮骡了"，焉知不是在等最相宜的时令，让最相宜的主儿们，一起性灵交融？

从另一面来说，时令未到，不可妄取。于茶，则味不足；于花和蚕豆，则破坏了植物的生理周期；于恋爱婚嫁，非情至深处，水到渠成，即使被对方在热乎头上宝贝着，怕也难以长久。

现实中，忙忙碌碌，鸡零狗碎，谁有闲情去等，去收集梅花上的雪，去把花瓮埋进地下数载？急功近利，已不仅是时代浮躁症的表征，也是人心里一块可怕的疤痕。在当下，人们喜欢奢谈智慧。智慧是什么？很简单，为学须有十年功，板凳须坐十年冷。归结到底，就是一份善于等候的定力，一种"花开堪折直须折"的把握能力。

　　所以我喝茶，喜欢独乐乐。一壶茶，两三碟小吃，耗着一下午的时光。有些东西，如茶，如人，正合其时，正合其境，实在可以物我两忘。

安　静

一

在大别山的乡村岁月里，我无数次聆听到的是一个清瘦的词：安静。

风是静的，尽管它吹刮得人脸生疼。月光是静的，像流水从山的沟腹淌过。偶尔的野花开在不为人知的角落，微微蜷曲的花瓣，羞涩、甜美，我永远不能明白她对泥土的点滴絮语，包含有什么神奇的力量。就像一小块纸上，怎么能汇集这些露水清晰的结构，这么多美，在微型的花朵仓库中无止境地旅游。而蝴蝶，缤纷，绚烂，也那么精细。像一列火车头在草丛上下奔驰：绿色的雨，松树的屋顶干净清洁，果实在过期，并被她不合理地冲撞……是的，一切是山峰和白云遗留下的亘古的安详。我看见了石头，一块被雨水洗刷得发亮的石头。所有的裂痕来自人类最初的话语的敲击。当人说出那句话，吐出第一句钢铁般的声音——也许它只是一片涟漪，一滴挂在谁脸际的泪水——多少年后，它由一而十，由百而千；它们集体立起，成为一座孤傲的新的山峰，再多少年，仿佛是风化的勇士，在承担一种时间的重负。山下产生了人的思想。他在仰望——已经出世的人，等待出世的人，在尘世住了很久的人，共同拥有一个人类早期的黎明。寻找——命定的东西。山下，黑色的石头圈起了牛羊，整齐的石头垒起了房屋，白色的石头矗成了墓碑，青色的石头镇在堂屋中央。这是家园的雏形，一开始就与石头发生血脉般的紧密联系。从封闭的石屋里，第一位凿出一扇小窗的人，我们称作智者。他的歌吟附着于水，水无常形，装在思考的容器中。水摆脱了黑暗，肯定、明朗，权力一样四处渗透。他的仰望变得具体，像杯子里的水，无穷无尽的水，而不仅仅是冷硬的石头。石头只是山峰的骨骼，水才算生命的源泉。智者在不停地走，一袭布衣之下，思想在飘飞，云雾是清癯的袍子，树林是悸动的手臂。孤独之夜，他一定在和后来者的我并脚睡眠。包括山峰、白云，天地间广阔的眠床。——安静，同一的生命之旅。

路开放的是路的姿态。

石头裂出了古文字的诗意。

一百年一千年，

风来磨雨来磨手来磨，阳光来磨。

石头里磨出了灯盏，

时间一样长的灯芯呀，

老井一样满的灯油。

二

村子是在智者离开后的第三十三天诞生的。我的黄泥坡村——一本智者阅读过的线装书：满坡的皂荚树，满坡郁郁的影子，疏疏落落投下来，像一些待在泥土上不肯老是赶路的人。如果不再细看，那只是几只趴着的蚂蚁，屁股使劲往天空的方向翘着，仿佛是被谁遗忘的几颗黑黑的汉字。来去匆匆的风，不断把它们缝合在这座土坡上，了无痕迹，细密的针脚被某个祖母的茧手抚摩。泥土的线装书，斜摊在坡地上。书脊上赫然印着两个大字：光阴。原始的封面上，渐渐出现一条幽寂小路。它可以通往村庄任何一扇木门，如果尖起耳朵，那些泼水的声音，压床的声音，生育的声音，饮酒的声音，男女私语，雨雪交缠，祭祀的秘咒，会从地底或天空蜿蜒四溢。它同时能捎来风扫田野、月洒墓地的幽凉。一种是对世界的询问，另一种是对巨大时间的回应。封底：一个人无畏又宿命的一生。那不代表终结，而是从结束走向开始，从生命之圆上的某一点回归，再从它出发。翻开它！翻开：脚步、碎石头、牛羊的低鸣、荞花的开谢。闪电和人的摇篮忽隐忽现。沉埋在原始沙土中的陶器。一份坠在露珠与书页之间的力的宁和……湿润的、恬静的土地。湿润的、恬静的灵魂。我听见了一阵轻悄的窣窣声，映照出夜色的更黑，更破。人类的辛劳消失、沉积其中。祖先的面庞和伤逝，捺于棉线和针脚的绵延交错之中而不可自拔……

在一片哀伤者的墓地，

栽满了细密的年华，

草根在地下松动——

像我们在孤独的岁月中，不可能

抵达的完美；

它像极了那一点点干净、温和的自由。

那鸟巢，像躲在乡下陌生的绿，

因为惊恐而后退；

或者我们是重新走过，

——面对尘世。

三

　　童年永是屋檐滴漏一样的笛音。我却从此领悟了乡村的寂静，以及与之相关的辽阔深远的疆域。我的耳朵在乡村建筑的阴影中微微张开，缓缓翕动，听出了古吴之地与古楚之地交汇的那一部分古奥的内容。我听到了在院落里清净的走动声，房屋中间的主人、子孙、亲戚、家眷和来来往往的牲畜，在经过门槛时保存下来的脚步声、说话声、咳嗽声……以吴语楚歌的方式，像一大簇不可修复的声音的废墟。左面是曾辉煌的祠堂、社庙、令人发闷的贞节牌坊。不见精美的石雕石刻，菩萨与土地神安住两地，分室而居。寡妇有些酸酥的气息，摆在很显眼的位置——如果用心去嗅，还有深刻的冷、苦、苍茫，被砌进不可更改的长生的石头。右边是一间新房，新房后的一片空地。我想要的一间新房，里面装着一条静静无名的河流，河流里面有一位新叶一样的少女，时光在她的脸颊不出声地滑过，几乎倒流向蒙昧时代的黄昏。一支抒情的笛子像晴朗夜空上的游云，而她土布织就的百叶裙像沉思默想的月亮，在忧郁的蓝天上深情地徜徉。我亲眼看她走远，在水流的深处幻化，带着世上离别的愁绪、音乐、亲吻和致命的泪水。这是故事中的少女。她将拥有一片柔美的空地，以供挥洒泥土一样芳香的柔情。紧跟着村前村后的树下、房舍四周，白色的野杏花也开了，开得格外惆怅、黯然，在我永恒的记忆中像那很快消逝的娇嫩少女。苗条结实的丝瓜悬垂在母亲的菜园，井水在她的木桶与铁钩之间形成美和力的旋律。母亲曾是故事里的故事，一位勤劳的纺织少女，容颜映在青苔密布的井壁。她的巧笑仿佛见证了偏僻乡村的无辜，她的对大自然的追怀、忧伤，都隐藏在我横于唇边的一管笛孔中，以一种少年的激情流泻出来，在屋宇房梁，在炊烟鸟语，乃至村落上空飘荡……这也许才是中国乡村的笛声。东方化、古典化的情思，词和曲调配合得漫不经心，淳美、温暖，迹近于天真快活。——有一点点色情，有一点点傲慢，有一毫毫怅然若失。它像智者的消遣，在乡村，仅留住无数灰黑泛白的村舍……

　　父亲扛着锄头，往一片菜花深处跋涉。

　　父亲像朵花的影子。

　　一阵阳光打在他的额角。

　　春天飞溅，田野里，

　　芬芳的住所，忧郁的夏天已经折断，

　　因为他期待和她新的一日，她和她的孩子，

　　一日又一日。

　　她和她的孩子，一日又一日。

四

先是雨水打在窗外沙地。屋内是昏暗的煤油灯。簌簌雨声，一豆灯光，流动的阴影，一颗恍惚的心灵。我肯定我确实在经历、并且面临着变化。这变化，或者是阳光与月光之间的差异，或者是空间的暗淡与明亮之间的微妙转移——乡村的木刻画，或者郑板桥的瘦瘠山水，掺揉白皙而稠浓的民间烟气……窗外是多么陡峭的夜晚！天空深处释放着绿星的微芒，发光的硕大丛莽。——幻想。我发烧的额角之下，掩映着白昼身上抽出来的一部分投影，似乎是扑面的旷野里有一长排黑漆漆的木椅，在等待巫婆或神汉的惨寂之手。父亲母亲还没有回来。他们在更远的荞麦地干活。锄头们跟着去了，一头山羊要在他们身边吃草。月亮升起。房顶上的月亮像潜于水缸里的红鲤鱼，它的尾巴泛着时隐时现的耐看的花纹。多年以后，我在医院的一所高级病房陪护的时候，一看见向晚的、从泥土中顿然跃出的硕红月亮，我就感到由衷的幸福。我想起那个少年的夏天，生病同样是幸福的事情。可以冥想，可以肆意回味，那吹入骨髓的竹梢上生凉的穿堂风，蚊虫细密的"嗡嗡"。我就闻到水蜜桃的沉香、石砌的水井、竹床上的薰衣草、浸入菜刀内部的铁锈味——这一切只属于因意外的惊异、美丽而感到危险的天籁。白露升起。这边水落石出，一种婉约的山中溪流的质地，弥漫四散，它洋溢着山势、地表、植被和树木鱼虫的气味……少年，或者我，此刻就是那盏煤油灯。灯下，走动着乡村清凉的狗吠，走动着归家人细碎的脚步。一阵影子悠长地从山坳那边投进了院落，一阵锄头与地面碰撞的微茫之音。门环轻扣，木门轻开，吱呀吱呀，弄出一个村子的动静良久不歇…… ——隐藏在古典书籍中的歌唱——我灵魂深处，每一次都仿佛孤单的旅行——光阴流逝。当乡村和山脉不断隆起与陷落，我的旅行变得像放逐，流亡，迫害！如果就此失去，一个宿命的人投身其间是多么走投无路！失去了乡村，像失去了命运的起源。世界对于我只剩下一种奔跑（像急速的风吹过隔世一样荒凉！）。在那些温和的乡村夏夜，生病将会成为无比奢侈的事。心灵守望的自由，都能在潮湿的乡村台阶上找到孤苦的痕迹。"原谅我，在一个疯狂的世界里独自清醒。"（艾米莉·狄金森）

呆头呆脑，

我坐在村庄的阴影里生长

冥想一堵老墙突然倒掉

而另一堵新墙会很快砌起

像一棵树下面出现了一位

美妖精

那些书本，角币，水果糖纸

陆续搬走了

那些雨水爱上荒草

那些深夜的风灰暗地刮着。

哐哐当当地玻璃碎了——

进来的是不是祖父的亡灵。

五

我必须谈到祖母。这是一个沉溺于黑暗与寒冷，交织着对雨声的倾听的干枯叶片——仿如睡梦之乡中的古老宅邸，妄想用疏松的砖块堆砌她体内隐秘的冬季走廊。她微风和叶簇间的面孔饱含着弃绝与回忆……古老的故事都有华丽、恐怖的外衣。祖母的故事像根二胡的琴弦，上面战栗着饥荒、苦役、劳作而灰暗的手。有时候，它是一把严寒之树上吹落的细雪，我们在它……弯曲的旋律中听到鬼魂、狐精、巨蛇流进山背后的河流，听到家族青年私奔的黑血，待在土墙边的人一直不肯撤离一场铺天盖地的瘟疫，那位少女厚暖光滑的头发瞬间变白。祖母说得多么纯洁！挟带着它的树荫和厨房间的阴风吹来，吹来，"沿着时间的方向到达"（储劲松），到达。一个古老、岁月悠远的噩梦，含有老奶奶、妇女、大姑娘、婴孩的脚步，所使用的不过是同一梦境的复制。走到哪儿，围观的人群就转移到哪儿，不紧也不慢，懒懒散散。在这不动声色的过道里，堆放的杂物与各种过时、残损的家具中间，时间在摸索前行。从天井和门洞照射进来的一缕紫褐的阳光绕着祖母翕动的唇舌。门上的红色对联是不知道哪一年贴上去的纸，开始泛黑、泛白、泛黄，墨色也淡到像古画拓上的水印子。原先在此居住的主人业已不在——消散得茫然无措！松乎乎的炊烟罩住一个隐匿不见、痛苦、扭曲的陌生者的梦魇。诚惶诚恐、神智昏迷——肯定不是生意人的杰作，却有时间倾泻扩张的暴力——叫张毛子的、李秋娃的、胡三的、黑皮村主任的，无一例外地长得只野茅草那么高，他们的声息就是一世生活和劳作的最后纪念了……一块墓碑像不再漂泊的文字，被茂密的暮色记住在祖母膝盖边的木椅以下。没有和解的可能，只要祖母还在。只要故事没有更新颖的结尾——故乡就是如此，一座粗野、略带倦意的天堂。对于我，已经缺失了走出去的雄心。

我终于能够放下

晚秋里心疼过的那些事物：

白杨、乡间小路，被牛绳

牵着的薄明的雾气；

我终于洗净了双手，

在一位祖母清晨浆衣的水边

一草一木，在原罪中皈依；

几颗露滴，

缝合了远处空地的某份缺失……

六

诗篇中的落日被我重新写起。也许人类发明或学会使用火焰以来就一直热衷于投奔落日。它在山巅舞之蹈之，歌之哭之，吟之啸之，这使我身上产生特别的嗅觉——一个村人的举止里包含狂放的娱乐心态，几近儿童的天然无尘。落日挂在山坡和渺远的树梢，并没有逐日的夸父。村人在山坡上缓缓弯腰，又直起；汗水滴落；脸是黑的，脸的另一半却是白的，身子微微向前躬着；像座缺了一角的木雕的城；布衣像块安宁的断片，斜悬半空……一颗遗忘了衰老的心；一只囚禁了千年的神鸟。有些从泥土里飘出的声响，流荡在傍晚。细一听，和草根，和黄梅调，和皮影戏一样晃动的五河高腔，和几个能够耐心等待半辈子的老人，是一种姿势。夜晚的盛宴被村庄的落日揭幕，一些新的生命从四处会集于此。唉，落日生成的梦的水缸！透过院子里的青砖地，它那饱满、浑圆的形体，粗大的缸沿分明有一圈月夜的宁静——一个更古老、悠远的山地长梦就沉在水缸底——像摇篮的和煦、少年的精气、安眠的遗址——许多生命之后的一个石头的生命，铸造得非同凡物——缸沿上嗡嗡的声响类同于原初妇女的纺织。灶间生烟了！我太喜欢这些存留在虚幻中的炫目光线了，落在西厢门、房梁、灶屋顶上，对应着古老的油灯、亮窗。它们充满对故土的惊人想象力，具有一张平静而出神的脸。我佩戴过乡村的落日——一枚催人入睡的护身符。寂静，火，希望。几乎觉察不到它的存在，它的微渺之音，从残酷的黑夜脱颖而出，像我所曾表达的艰难黎明："白露大野／一个点秋灯的人／被呼啸的落叶撞瞎双眼／／他喊／他唱／身子和影子都那么长／／寒凉的空阶／悬一盏向上的月亮。"如果它不是这样，就是一颗飞不回来的梦境的石头，也会成为我们内心深深的、寂寞的部分。

　　那些天，

　　我注目一条狗拖着个影子往天边跑。

　　村子里传出命运回应的声响，

　　一朵花和一堵新墙已经长成，

　　一位老人醒了，摸摸自己，

　　证明这饥饿和沉默的早晨还要活下去。

　　另一位少女掉过头来，

另一头羊，倚着墙缝如此寂静。

它们拼命把手想按在铜锁上——

村庄已被锁住，

就像在天堂里不断漫游：

树桩上漏下往年的雨水，麻雀乱飞——

这是多么孤单的正午

小人书伴我在故事里发呆。

当我直起腰，已是一枚故事之外的落叶。

当我跺脚，巨大的房梁掉下漆黑的灰。另一位老人，

另一朵花都鬼魅般走了。

村庄也走几十年，还被西山的落日拖着，不放。

七

一、一个人该怎样抵达？"当一双古铜颜色的手，彻底转变成黏土，当小小的眼睛紧闭，不再注视粗糙的土墙和层层居住的城堡，当所有的人进入自己的墓穴，那里还有一个精致的建筑高耸在人类早期的遗址上。"（聂鲁达）相信若干年后，抵达就是归去，就是到来——几代人的生活，在黄泥坡、大别山，以至在地球上的劳作，变成了一个简单的可以用数字说清的音符——那些星星、指

头的余温、活着的幸福、死亡的洁净———一种减法的生活，供人劳动、隐居和沉思的绝妙场所。或者，能够被一座村庄的火光包容，被古老的楼堂赋予淳朴率真的魅力，享有永久的安息……我走到一个人的屋子，和这个人握手。又和另一个人握手，再一个人，寂静中隐隐约约听见当年……我体味这种已逝的乡间的安宁，日子的绵密，这个与世无争的村落存有的偏僻之美。如此甘甜，因为它有靠近人生的根。

二、怎样对付时间苛刻的问答？绵延……绵延……黝黑、深沉的山涧壑流……河风吹拂，时间像断续滴进虚空大地、静谧池塘里去的水滴！村庄的中心，阳光炽热……老房子结构如同中国式的意识流，而越来越奔命、辛劳——屋顶上是善心的树。它用先辈的声音教导我："所有的都是过去的……"我知道，在皂荚树下，我们种下了异常安静的灵魂，也种下了一把生存的苍凉籽粒。

三、一段关于智者和山的对话。智者：你在哪里？山：我在山里。智者：山在哪里？山：山在山里。智者：不在心里？山：山是山，心是心。智者：你是你，我是我？山：不，我是你，你是我。智者：哦，你中我，我中你。然后，智者再一次出走。村庄在第 N年空空荡荡。桌上冷冷地放着一份盐、一碗辣椒……风有时也把辣的味道呛在我的脸上……我不哭。

我没法老，

许多东西是难以放下的。

我老了，

内心的生活过完了，

孤独就是亲人们的。

——谢谢你，谢谢你们：

水的；火的；土的。

温柔的；仇恨的；易朽的。

哦，安静，才最终是我的——

后　记

那年，到潜山长和看栀子花。栀子别有民歌之味。民歌粗放、清泠，内心里熊熊火涌，砺似劲岩巉崖，但又如山溪叮叮离离。高邮民歌的栀子全是女性温婉，火势灼喉，却揉辫低首，有期盼、稀罕、喜欢、遗憾。

栀子花儿靠墙栽，墙里栽花墙外开，黄昏戌时花打朵，半夜子时花正开。好哥哥，花儿开时郎不来。栀子花儿靠墙栽，春风吹的花枝摆，东庄哥哥盼花放，西庄哥哥望花开，望花开，人多花少派不过来。

——高邮民歌《栀子花》

安徽民歌的栀子，有余弦未尽之感，未尽真好。中国民间的大愿大致朴素如斯：男儿聪明女儿乖。此歌来自一九三六年年版的《安徽民间歌谣》。一九三六年，我乡始建县，是爷辈的事了。

栀子花，靠墙栽，男儿聪明女儿乖，男儿聪明读书好，女儿聪明做花鞋。

——安徽民歌《栀子花》

民歌从大别山主脉流淌到皖西南一带，汇聚成一个叫源潭的镇子。

"源潭"，陡峭的清音，青青亮亮，仿佛神情呆滞的浓暮中忽然涌出灵异的灯火。古皖之地潜山市有许多挠心抓肺的地名，五庙，塔畈，龙潭，万涧，梅城，油坝，八仙，寿皋，湖墩，白水，天寺，舒王亭，胭脂井，又土气又古气又悠闲。二〇一八年潜山县始改市，我欢喜潜山称县，县有仙气，市却是市井烟火气。总不能称市又称县，出世入世难以兼得。源潭镇产刷子，满足市井日用，凡几百上千种，或许这个世界（包括高科技）所需的刷子都能在此寻到踪迹。这里还产名人，比如杂技皇后夏菊花，黄梅戏《徽州女人》主角韩再芬。韩再芬我认识，她不认识我，会场见过几次，温温静静的样子。她给竹峰《击缶歌》写序，第一稿我看过，极素极真，完全是卸妆后的素颜。我想起新凤霞，评剧青衣、花旦，嫁给著名学者、戏剧家吴祖光。新凤霞少时读书甚少，从艺后却先后出书二十余种。

去源潭要紧的是去长和。长和是一个社区，社区有一座山，山叫生鸡林。有人说叫野鸡林最好，水浒里有野猪林。"鸡"应该是雉，讹来讹去，和鸡也差不多，鸡犬相闻。

长和的栀子铺满了山。这不是花海，而是人间古老的街道，摆放着无数栀子的店铺。栀子素白，五月份，已在渐渐凋谢了。栀子开花不浪，一种白的微喜。"两叶虽为赠，交情永未因。同心何处恨，栀子最关人。"后世所云"同心栀子"典故来源于此。南梁女诗人刘令娴，家里栀子开花，特地包了最可爱的两朵送给闺蜜谢娘。在这首《摘同心栀子赠谢娘因附此诗》里，刘令娴用谐音寄怀：栀子，即知子。互为知己啊，送你最美栀子——知子。这是旧时的心心相印、惺惺相惜。何况栀子又那么香——像清贫家庭里，新妇在腾腾热气的红漆浴盆中濯洗如藕雪白婴孩。香气喷流，但又是细细地织网，柔若无骨却沉默宽容，散发幽微的民歌蓝音。栀子花香的宽度，在这一千多亩起伏的山地倾泻——那些丛木的枝条恍如摆摊人的手臂，在奔放摘取，在给浩繁的时间纂花，像潜水皖水的河浪冲灌，源源不止。阳光炽炽、绚烂，似乎听到了松枝燃烧的野生气息在清脆摇动……

到潜山看栀子。栀子有稚子之心，栀子花是素心人。

"栀子花，六片叶，妈妈抱我六个月。六个月后靠墙坐，妈妈背我去打磨。八个月里长牙齿，妈妈用锅巴做零食……"童谣的赤诚本真，闪烁光芒的美好，在吟唱的那刻，滋润着负厄岁月里的心际黝黑，但这种种神性的抒情极为短促。犹如民歌，犹如长和的栀子。我下山时，大约又是几朵栀子花默默凋谢。谢谢这片东方神韵的清澈馈赠。

那年，在滁州。樱花，黄堇，紫荆，银杏。

城西有琅耶山（苏轼书），今人称作琅琊山，我去过一次。不去，心心念念。去了，没见到欧阳修，没见到苏轼，小河倒映出花草树木的淋漓水墨。

一树树绿，一树树花。花多在想象的宋朝竞放。

四周群山簇拥，大丰山如壶，小丰山如壶，凤凰山如壶，鸡爪山如壶，赵家山如壶，龙头山如壶。小丰山是最高的壶，海拔三百二十一米。

醉翁亭如壶，古梅亭如壶，影香亭如壶，意在亭如壶，古梅亭如壶。

醉翁亭有楹联：饮既不多缘何能醉；年犹未迈奚自称翁。

意在亭有楹联：酒洌泉香招客饮；山光水色入樽来。

山光水色，仿佛盛在壶里。欧阳子，身如琉璃，心如明月。

266

皎然清净，身心快哉。

归来时，沿途的麦子清香，油菜沽沽流出油光。绿油之野。产生无边的幻觉。

顺道拐到全椒。吃了周岗雪枣、管坝牛肉。探访吴敬梓故居，探花第。一路修竹香梓。

襄河的水啊流呀流。

襄河的水一分为二：左岸——放诞的醉翁；右岸——孤独的吴敬梓。

那年，到敬亭山。山鸟不见，但闻啾啾声洒在树杈、山石、蓬草，茶园油绿得像泼了层颜料。皖南之地，一直是古中国跳动的心脏，文脉的律感硕大而又精巧，仿佛午餐在徽德居所食的带皮牛肉，嚼劲十足。敬亭山我去过三四次，相思泉，玉真公主的八卦传说，古昭亭，包浆的石阶，敬亭绿雪，不远处的水阳江芦花夕照，以及一袖青癯之袍的青弋江，黄昏中它们集体构成李白的诗歌王国：侧卧的李白，仰天的李白，醺醺然，又苍凉又心疼。山野静寂，通计游人不到十数。一棵结籽的檫树，皮、叶均若金刚栗，我看到时间的枝丫，有启功书法，有后人赋诗，一时迷离。上得半山，在石涛艺术馆处停下，山高人为峰，既难为峰，艺术的野心也当谦卑落下。往上为诗之峰，文章之峰，文墨之锋，踟蹰半晌，想起"江城如画"，而山中"孤云独去"，悠悠千载，且留念想，不与人争，不与白争，白也诗无敌，争也白争，抽身下山。想来便来，想走便走，天地一壶，酒在心中，诗在心中……

四时春富贵，万物酒风流。

澄澄水如蓝，灼灼花如绣。

——关汉卿《白鹤子·四时春富贵》

深山是一座孕育梦的居所。去过好多次姚河山村。以前是专班扶贫，在龙王村结对户那里走访，葳蕤得荒芜的崎岖山道上，无论晴雨晨昏，或雪洒竹林，或回风交急，均能逸人清听。

后来是访《春富贵》，锣鼓里荡出的人间喜气。

第一次去，梯岭村。春分刚过，山里犹薄冷入骨。又下雨，绵绵如针脚扎肉，山风吹在伞衣上，吹进发丛中，依旧凛冽。

第二次去，真是春富贵，春日好天，山野一片富贵气象。那是春天，在沈桥村。山里青崖翠发，遥同黛抹。花都开了，开得漫山，红红绿绿紫紫白白粉粉黄黄。脚一伸进去，都是锦绣的绵软。

访梯岭，访沈桥，是想和一曲老乐。《春富贵》是一曲老乐，古名"引官调"。同治年间由舒城、霍山周边传入姚河，流传至今。十三人的演奏队，唢呐、胡琴、板鼓、大锣、大镲等，十来种乐器，吹打出来，阗喜洋溢。乐声里，逸散了乡村清晨的甜蜜水气，似乎是与鸟同鸣。又有北地唢呐的嘹亮，胡琴的清苍，板鼓和大锣的悠长、脆响。好日子的味道，被一班老艺人的手和嘴哑摸得韵致非常。想起野禾油油，豆棚瓜架，金亮亮腊货。我就是喜欢腊货，别种咸鲜香，山里独有。拉开场子的《春富贵》，便是初红的腊货，晾在冬阳下的竹竿上，熠熠生津。

二〇二四年元旦，早起登高。和徐斌、刘贵、季发数人。花果山中，更有早行人在晨练。沿着休闲步道漫行，见东方朝日兆兆，浮光耀金。

年前，饱受病苦折磨的老岳父，八十三岁，告别人间。

一时恍惚，似不知往夕是何年。

年前去了富春江、千岛湖，一路烟云笔收，青峰倒影，纷呈红绿。

年前去了青阳县，在宋冲，在酉华，老桥老树老山，曾有戏腔伴神游。

年前去了几趟潜山市，和友人赏花看月，雪湖踪迹，清然居上饮。

年前去了珠海、深圳，小轮船突突，港珠澳大桥，日月贝，受教于屈塬、戚建波、乌兰托嘎等词曲名家。

年前去了内蒙大草原，喝了马奶酒，听了长调。歌不断，酒不休，老陈搞了几大碗。

年前未去的地方很多，乾坤之大，慢慢走。

年前，最喜添得外孙女熹禾，小名暖暖。这是一个家庭的春富贵，暖心暖意，心中宝贝。

春富贵，春意如溪水饱涨。于我，还是喜欢小满。那方来自西冷印社的"小满"印章，一直在我的书桌上头。

又下雪了，一朵朵。一朵，一朵。又是一朵一朵。天地间一片古老的白。疏疏密密，晶晶亮亮，一点凉，随风往肌肤里走。

下的是冻雪，米粒一样。吱嘎吱嘎，树叶子一片脆响。街边行人歪歪扭扭，车子左一摆右一晃，像昨夜醉酒的汉子，还陷在秋天的梦境里。

山里的雪，一年年，有时在冬天，有时在春天，下得无所顾忌。想下就下。

在窗边坐看，一串串冰吊子挂在对面窗。

上午在单位办公室里坐看。看山，看水。

还是叶兆言先生的题赠"坐看"。我和竹峰说，这两个字方正丰厚，有端庄气象。

像一朵一朵的雪落下来。雪下来，仿佛一种闲笔。我喜欢闲笔，一朵调皮的雪花偶尔落在颈脖，落在鼻翼，就是荡开的闲笔。

多好。像那些未说出的，美和时光。

山里岁月是生烟的，良玉生烟，袅袅烟云，柳烟花雾，露红烟紫，都是好词。

春日正好，宜写前言，一片锦绣。春日正好，写写后记也不错，都是好光景，还是一片锦绣。人过五十，难得仍有一片锦绣之心。

这几年来，眼见世事多艰，所以鲜有文章。偶尔几笔风花雪月，文字里多喜气，是在抗拒尘世的茫然和冷意。又作歌若干，词里一片盛世之景，在祈愿人间多福，升斗小民的纸上情怀、书生意气而已。

书生挥笔，不事稼穑耕种劳作。坐看是种闲逸，也是旁观者清。于是书名《坐看》。

二〇二四年二月二十六日至二十八日